편안한 무감각

가백현 장편소설

모종비

편안한 무감각 5

사형집행자 95

나의 표상(表象)이다 183

작가의 말 269

· 헨리 퓨슬리의 악몽(1781년), 카롤루스 뒤랑의 키스(1868년), 앙리 제르벡스의 롤라(1878년),
  장 자크 에네의 독서하는 여인(19세기), 장레옹 제롬의 디오게네스(1860년)의 그림 인용.
· 이야기 속 인물은 현실과 온라인상에 존재하지 않는 창작된 인물임.
· 이 책은 몇몇 분의 투자로 발간되었습니다.

편안한 무감각

1

불분명한 악의(惡意)가 봄날의 잔디처럼 까슬까슬 솟아올랐다. 신이 뿌린 씨앗이 분명하다. 신은 나에게 왜 이런 씨앗을 뿌려놓았을까? 씨앗이 싹으로 솟아오르고 열매를 맺을 때 씨앗을 뿌린 존재에게 묻지 않는 것처럼 나도 악의를 뿌린 존재에게 묻지 않고 사용해도 된단 말인가?

"누가 소리 질렀어요?"

뒷방에서 나온 자오밍이 두리번거리다 나를 쳐다봤다.

"몽유병이야?"

"분명히 누가 소리 질렀는데……."

그녀는 정수기에서 물 한잔을 따라 마신 뒤 다시 뒷방으로 향했다.

"여기 잠깐만 앉아 있어."

그녀에게 데스크를 맡기고 밖으로 나왔다. 가로등 불빛을 빨아들이며 새벽이 다가오고 있다. 골목 끝에서 미화원이 남아 있던 어둠을 쓸어냈다. 빗자루가 닿지 않은 곳에는 먹다 남은 음료가 담긴 플라스틱 용기와 담배꽁초, 시큼한 냄새에 뒤섞인 음탕한 말의 흔적들이 떠다녔다.

 기지개를 켄 뒤 휴대폰을 열어 채팅 문자를 살펴보았다. 지원의 문자는 모두 지워져 한 줄도 남아 있지 않았다. 그녀가 고통을 받고 있기는 한 걸까? 그녀가 고통받았으면 좋겠다. 고통은 아니더라도 후회라도 했으면 좋겠다. 이런 유치한 생각에 사로잡혀서 헤어 나오지 못하는 사이 벌써 한 달이 지나갔다. 이 한 달은 흘러가지 않고 내 속에 쌓여 부패해서 내 삶 전체보다 무거웠다.

2

 다섯 살 정도로 보이는 소녀가 놀이터에 설치된 대형 그넷줄을 잡는다. 3m 정도의 높이에 두께는 소녀가 잡기 버거울 정도로 두꺼운 동아줄 그네였다. 소녀는 그네의 밧줄을 잡고 뒤로 물러나 올라탄 뒤 몸을 비틀었으나 조금도 솟구치지 못했다.
 두세 번 반복하던 소녀는 방향을 바꿔 시도했다. 이제 내게는 소녀의 앞모습이 아닌 뒷모습이 보였다. 소녀는 뒤로 물러나 올라타 보기도 하고 빈 그네를 앞뒤로 왕복시키다 후다닥 올라타 보기도 하였으나 소용이 없었다. 누가 등을 한번 밀어주면 좋을 텐데 주변에 소녀와 함께 온 것으로 보이는 사람은 없었다.
 그러고 보니 이 넓은 공원에 소녀와 나뿐이다. 이 시간에 사람들이 보이지 않는 것도 이상한데 소녀 혼자 이곳에 와서 그네를 타려고 안간힘을 쓰는 모습도 이상하다는 생각을 하는 사이 소녀는 보이지 않았고 나는 졸고 있었다.
 강아지를 앞세운 여자가 공원 둘레길을 따라 다가오고 있었다. 회색 털에 회색 옷을 입힌 작은 강아지였는데, 목줄을 잡은 여자도 강아지 옷과 같은 회색 티셔츠를 입고 있었다. 하늘마저 회색

빛이었다. 휴대폰을 꺼내 날씨를 확인해보니 강수확률이 50%였다. 50%라는 확률이 기만하는 수치라는 생각과 함께 세상에 대한 불신감이 커져갔다.

"나랑 섹스할 때 어때? 다른 여자들과 비교해서?"

그날 침대에 나란히 누워 천장을 바라보던 지원이 물었다.

"나는 내가 신의 도구일지도 모른다는 생각이 들어. 신이 너를 직접 탐할 수 없으니까 내 육체를 통해 너하고 섹스를 하는 것이 분명해."

"신의 빨대군. 그래도 신이 나를 어여삐 여기는지 고급빨대를 쓰네."

"칭찬이지?"

"그럼. 적어도 한번 쓰고 버리는 플라스틱 빨대는 아니지. 그러고 보니 요 며칠 빨대를 너무 써먹은 것 같은데?"

"사랑의 열매는 섹스야. 주렁주렁할수록 좋아."

"주렁주렁 한 것도 좋지만 중요한 것은 색깔이 음란해야 해."

둘이 함께 욕실로 들어가 샤워를 하고 내가 먼저 나왔다. 침대 뒤로 넘어간 그녀의 팬티와 이불에 말린 내 팬티를 꺼내고 여기저기 널브러진 옷을 챙기는데 카카오톡 알림 소리가 들렸.

조그만 원탁 위에 그녀의 휴대폰과 내 휴대폰이 나란히 있었다. 누구의 휴대폰에서 나는 소리인지 알 수 없어 상체를 내밀어 쳐다보았다. 그녀의 휴대폰이었고 알림창 미리보기 내용이 연속해서 보였다가 사라졌다.

'출근했니?' '내일 시간 있어?' '학원 끝나고 만나자.' '이 더운 날씨에도 뜨거운 네 몸이 생각나 일에 집중할 수가 없다.'

그녀가 수건으로 몸을 닦으며 나왔다. 내가 먼저 옷을 입기 시작했고 그녀도 옷을 입기 시작했다.

"카톡 왔더라."

한쪽 양말을 신으면서 내가 말했다.

"그래?"

"누구야?"

"뭐가?"

"소리가 나서 내 휴대폰인 줄 알고 봤는데 네 휴대폰이더라. 미리 보기가 보여서 나도 모르게 봤어."

그녀는 블라우스 단추를 채우려다 휴대폰을 집어 확인했다.

"이걸 봤다고?"

"본 게 아니라 보였다고."

"이 선생이……. 이런 걸 보내고 그러지? 그런데 이걸 왜 봐?"

"말했잖아. 내 휴대폰 옆에 네 휴대폰이 있었고, 그냥 보였다고."

"그게……."

"신이 빨대를 하나만 사용할 리 없지. 그런데 나랑 비교해서 어때? 그 빨대는?"

그녀는 잠시 망설이다가 체념한 듯 입을 열었다.

"학원 선생들 모이는 카페에서 알게 된 영어 선생인데 책을 많이 읽었고. 세계문학에 상당한 지식이 있더라. 호기심에서 다섯 번 정도 만났는데 별 흥미가 없네."

"그 선생이 보낸 문자 내용과 네 말을 종합해보면 다섯 번 잤다는 뜻이네?"

나는 한쪽 양말을 든 손을 멈춘 채 혼잣말처럼 중얼거렸다.

"쾌락은 없었어."

그녀는 '그럼 됐지?' 하는 눈빛을 하며 블라우스 단추를 마저 채웠다. '쾌락은 없었어.'라는 그녀의 고백이 다른 남자와 섹스한 사건을 희극으로 만들어버린 느낌이어서 피식 웃음이 나왔다.

그녀는 계곡의 흐르는 물과 같은 여자였다. 속이 훤히 들여다보이면서 예측할 수 없을 정도로 이리저리 흘러 다녔다. 입을 열지 않을지언정 거짓말을 못 하는 성격이었으며 거짓말을 하면 금방 표시가 났다.

그리고 그녀에게는 나름 당당한 이유가 있었다. 우리는 구두로 한 약속이지만 상대방의 모든 걸 허용하기로 합의했고, 연인이라고 해서 소유해서는 안 된다는데 같은 의견이었다.

담배를 피운다고 반쯤 열어놓은 창문을 통과한 햇빛이 칼처럼 그녀와 나 사이를 갈랐는데, 더러운 먼지가 묻어 있었다. 나는 괜히 들고 있던 양말을 툭툭 털었다. 칼에 묻은 먼지가 후두두 떨어지면서 날카로워졌다.

"나가자."

"나에게 쾌락을 준 건 너뿐이야. 그 사람은 그냥 호기심이었고,

지적 공감대가 필요했을 뿐이야……. 굳이 말하자면 플라스틱 빨대야."

불과 30분 전 침대에서 만개했던 그녀의 신음이 유령처럼 되살아나 방안을 휘젓고 다니는 듯했다. 그 신음이 흘러나온 입하고 지금 지껄이는 입이 같은 입이라 생각하니 찢어버리고 싶었다.

"당황스럽네. 너는 되고 나는 안 된단 표정이잖아."

"내가 뭐?"

"린다하고 자는 사이 아니야? 내가 모르는 줄 알았지?"

"막 갖다 붙이는구나."

"다 알고 있었어. 나 만나기 전부터 린다가 네 애인이라는 거. 린다 유부녀 아냐? 불륜 그거 좋지 않아."

"린다가 몇 살인지나 알아?"

"나이가 무슨 상관이야. 그 정도 연상은 커버할 수 있는 것이 너 아냐?"

"관심 없다. 네가 무슨 상상을 하든, 떡을 치고 다니든, 밀가루 반죽을 하고 다니든."

먼지가 떨어진 칼을 잡고 일어났다. 미처 말리지 못해 젖어 있는 머리카락이 둘러싸고 있는 그녀의 목은 가늘고 길어 단칼에 잘릴 것 같아 시선을 돌렸다. 침대보는 구겨져 있었고 이불은 바닥으로 떨어져 있었다. 여러 장의 수건이 군데군데 처박혀 있었으며 4시간 동안 마신 물 두 병과 캔 음료 세 개는 다른 모양으로 뒹굴고 있었다. 테이블에 쏟은 커피 자국이 남아 있었고, 종이컵에 젖은 담배꽁초가 수북이 담겨 있었다.

 나도 모텔에 근무하는 터라 이 정도면 최악의 손님으로 비난받는다는 걸 누구보다 잘 안다. 그래서 늘 대충이라도 정리하고 그것도 부족하면 오천 원권 한 장 올려놓고 나오는데 그럴 정신이 없었다. 흔적은 지나간 시간의 속도와 질을 말해준다. 그러므로 흔적은 시간의 역사이자 시간의 예술이다. 이 방을 포함하여 주변 모텔방을 전전하며 수없이 남겼던 흔적들을 더는 남기지 못할지도 모른다는 불길한 예감이 들었다.

 지원은 화난 엄마를 따라 나오는 초등학생처럼 서둘러 신발을 신었다. 복도는 텅 비어있었다. 엘리베이터 반대쪽 창문에서 비추는 햇빛과 형광등 빛이 겹치면서 희미하고도 기이한 그림자를 만들어 냈다.

 엘리베이터는 우리가 서 있는 8층을 막 지나 내려가고 있었다. 빠르게 변하는 숫자를 바라보는데 불쑥 오래된 기억 하나가 떠올라 반복되었다.

 추락하는 내 몸이었다. 처음에는 머리부터 곤두박질치다 중간에서 부끄러운 듯 몸을 비틀고 바닥으로 퍽하고 떨어진다. 이후의 모습은 기억이 나지 않는다. 마치 방금 떨어져 정신을 잃은 듯하다. 기억은 매번 예고 없이 떠올라 풍차가 돌아가듯 반복된다.

 "안 탈 거야?"

 엘리베이터가 도착했는데도 내가 움직이지 않자 뒤쪽에 서 있던 그녀가 말했다.

"어……. 타야지."

나는 성큼 엘리베이터 안으로 들어갔다. 내 뒤로 젖은 개 한 마리가 따라 타는 것이 엘리베이터 유리에 비쳤다. 그 젖은 개는 그녀의 실제 모습이 아니라 나의 표상(表象)이었다.

3

도서관에 도착한 지 한 시간이 지났지만, 책 한 권을 고르지 못했다. 소설 분야 책꽂이에서 인문학 분야 책꽂이로 옮겨 책을 뒤적거리는데 책마다 누군가가 연필로 줄을 긋고 메모를 한 것이 보였다.

책 한 권에서 한 문장씩만 뽑으면 대략 이런 문장들이었다. '형이상학이 모든 학문의 여왕이라 불리던 시절이 있었다.' '철학적인 문제는 대부분 과학적인 방법을 사용해서 답변하기 어려운 것들이다.' '이야기는 반드시 삶의 모습을 담고 있어야 하지만 아무런 깊이나 의미가 없는 보통 삶의 단순한 복사판이 되어서는 안 된다.' '우리의 마음속에는 온갖 사유들이 끊임없이 떠돈다.'

한 사람의 글씨체였는데 처음부터 끝까지 성실하게 줄을 그었고, 열정과 고민이 보여서 비난할 수만은 없었다. 그렇다 해도 공공도서관 책에 줄을 긋고 메모하는 행위가 정당화될 수는 없다. 이 책들은 60만 시민이 빌려보는 책으로 그들 모두 새 책처럼 볼 권리가 있다. 데스크에 신고해야 한다는 생각이 들었지만 내가 그럴 필요는 없다는 결론을 내렸다.

이번에 고른 책은 신간인데 줄이 그어져 있지 않았다. 줄을 그은 사람이 읽지 않은 책이라는 생각에 기분이 좋아 한참을 읽었다. 10쪽 정도 읽다가 '모든 인식은 경험을 통해서 해명되어야 한다.'에 줄을 긋고 '쾌락은 없었어.'라고 적었다. 기분이 묘했다.

지원은 플라스틱 빨대와는 지적 공감대였을 뿐이라고 하면서, 나를 지칭하여 쾌락을 준 것은 너뿐이라고 말했다. 그녀는 민감하며 잘 달아오르고 끝난 뒤에도 혼자 웅크리고 끙끙거릴 정도로 오래간다. 그런 그녀가 그와 토끼처럼 했다면 몰라도 쾌락을 느끼지 못했다는 건 거짓일 확률이 높다.

그리고 그녀가 말한 지적 공감대란 정신적 쾌락을 말하는 것이다. 정신적 쾌락과 육체적 쾌락을 구분하려는 것에는 정신적 쾌락은 숭고하고 육체적 쾌락은 천박하다는 의식이 숨겨져 있다. 시대가 변하고 생각들이 바뀌었지만, 이러한 잔재는 인간의 정신과 사회 곳곳에 남아 있다.

그렇다면 그녀가 의도했든 의도하지 않았든, 플라스틱 빨대와 다섯 번이나 섹스를 한 뒤 쾌락도 없었고 의미도 없는 행위라고 변명하면서 지적 공감대를 위한 행위였다고 강조한 것은 숭고한 쾌락이었다고 주장하는 것과 같다. 그리고 나를 지칭하여 쾌락을 준 것은 너뿐이라고 강조한 것은 나는 천박한 쾌락의 대상일 뿐이라고 고백한 것이다.

다른 책을 뒤적거리다 '진리를 찾기 위해 대상을 꼼꼼하게 살필 것이 아니라 자신의 의식을 꼼꼼하게 살펴야 한다.'에 줄을 긋고 '쾌락은 없었어.'라고 적어 넣었다. 그렇게 다섯 권 정도를 적는 동안, 짓눌렀던 도벽을 실행한 것처럼 긴장을 동반한 묘한 쾌감이 분노를 녹였다.

그래도 책을 더럽혀서는 안 된다는 반성과 좀 전에 줄을 그은 사람을 비난했던 것이 떠올라 지우기로 했다. 이미 책꽂이에 꽂아 놓은 책에 줄을 그은 부분을 찾아 지우다 보니 시간이 걸렸다.

'쾌락은 없었어.'라는 문장은 그녀의 입 밖으로 튀어나오는 순간 허공으로 사라져 존재하지 않는다. 남아 있는 것이라고는 그 자리에 있었던 그녀와 내 머릿속에 있는 기억뿐이다. 그것마저 시간이 지나 그녀와 내가 사라지면 함께 사라질 것이다.

그렇다면 그날 이전에는 존재하지 않았던 문장, 그녀와 내가 사라지면 존재하지 않을 문장을 잡고 허우적거리는 셈이다. 억울해야 하는 건지 어이가 없다고 해야 하는 건지 알 수가 없었다. 하나 정도는 남겨야 할 것 같았다. 마침 보고 있는 책이 고전이면서도 최근에 출판된 장정판이었다.

'시대를 초월해 모든 측면에서 가장 탁월한 예술 작품인 안티고네.'에 줄을 긋고 '쾌락은 없었어.'라는 문장을 적어 넣었다. 이번에는 지울 수 없게 볼펜을 사용했다. 이제 그녀와 내가 존재하지 않는다고 해도 이 도서관이 존재하는 한, 이 책이 존재하는 한 '쾌락은 없었어.'라는 문장은 존재할 것이다.

좀 더 읽어봤다. '안티고네는 서양 정신사의 뿌리가 된 작품이며, 인류의 가장 숭고한 작품'이라고 적혀 있었다. 그런 글에 줄을 긋고 천박한 문장을 삽입하였다는 생각을 하니 내가 서양 정신사를 모욕하여 지원에게 받은 모욕을 갚은 기분이 든다.

4

 옥상 건너편 주유소 뒤쪽 공장 굴뚝에서 솟아오른 수증기가 교회 십자가와 소방서 안테나를 휘감으며 흩어졌다. 저것이 연기가 아니라 수증기라는 것을 며칠 전 보일러공이 말해주어 알았다. 보일러공이 직접 확인한 정보가 아니라 그도 다른 누군가한테서 들은 정보로 확실하지는 않을 것이다.

 주유소 세차기 앞에서 차량 물기를 제거하는 직원이 남자에서 여자로 바뀌어 있었다. 어쩌면 남자 직원은 오전만 근무하는데 내가 시간을 착각한 건지도, 오래전에 여자로 바뀌었는데 내가 무심하게 봤는지도 모르겠다.

 뜬금없이 '농구공이 얼마지?' 하는 소리가 들렸다. 정확히 말하자면 소리가 들린 것이 아니고, 내 머릿속에 '농구공이 얼마지?' 하는 생각이 스쳤는데, 그 생각이 소리처럼 느껴졌다. 하지만 나는 농구를 좋아하지 않아 농구경기를 집중해서 본 적이 없고 농구공을 만져볼 기회도 없었다. 그러므로 단 한 번도 농구공 가격이 얼마인지 궁금해 본 적이 없는데 불쑥 그런 생각이 든 것이다. 그렇다면 이 생각은 어디에서 온 것일까?

모든 것이 불확실하고 불분명하다. 나도 내가 수증기인지 연기인지 알 수가 없다. '인간에게는 본질은 없다'라고 주장하는 사람들이 있다. 여기서 말하는 본질이란 존재 이유 또는 목적을 말하는 것이다. 주유소는 자동차에 기름을 넣기 위해 만들어진 곳이고 농구공은 농구경기를 하려고 만들어진 것이다. 이것이 그것들의 목적이고 본질이다.

그런데 인간은 그런 목적 없이 그냥 세상에 던져진 존재라는 것이 그들의 주장이다. 목적이나 본질이 없는 존재는 스스로 결정하여 무엇이든지 될 수 있다. 스스로 결정하여 무엇이나 될 수 있다는 것은 무한한 자유가 주어졌다는 뜻이다. 무한한 자유를 가진 존재에게 타인이 이래라저래라 할 수 없다. 상대가 연인이라고 해도 달라지지 않는다. 평소 나는 이런 주장에 동의해왔고 신념으로 삼아왔다.

지원도 본질이 없다. 무한한 자유를 가진 존재로 그녀가 선택한 모든 것은 허용되어야 한다. 거기에 내 감정을 결부시켜 통제할 수 없다. 내가 사랑한다고 해서 원래 수증기인 그녀를 연기가 되라고 강요할 수는 없는 것이다.

옥상 철문 소리가 나 돌아다보니 여탕 때밀이인 선미다. 20대 중반까지 직장 생활을 하다 친구와 옷가게를 한다고 그만두었는데 개업도 못 하고 사기를 당했다고 한다. 암담하여 무작정 걷는데 목욕관리사 학원이 눈에 들어와 등록했다고 한다. 6년 만에 빚을 다 갚고 대출을 끼고 작은 아파트를 마련했다고 직원들에게 음료수를 돌리기도 했다. 나보다 두 살 아래지만 친구처럼 가깝게 지내는데 어느 순간부터 노골적으로 호감을 보여 선을 긋고 있다.

"오빠, 식당으로 와봐."

그녀는 부푼 폐를 짜는 듯한 숨소리를 내며 말했다. 온종일 목욕탕 물에 불어서 그런지 부푼 몸이 출렁거렸고 김이 서려 있었다.

"무슨 일인데?"

그녀는 대답 대신 손에 들고 있던 케이크와 샴페인을 높이 쳐들었다.

"아, 잠깐. 지금 오지 말고 삼 분 후에 들어와."

식탁에 케이크와 샴페인이 펼쳐져 있었고 곧바로 보일러공 부부와 남탕 때밀이, 이발사도 따라 들어왔다.

"종수 생일이라며?"

보일러공이 말했다. 그런가? 생일이 가장 더울 때인 것은 맞지만 음력생일이라 헷갈려 대부분 잊고 지나간다.

"왜 말하지 않았어? 말했으면 미역국이라도 끓였지."

보일러공 아내가 말했다.

"지옥문이 열린 날이에요."

"얘가 늘 이렇게 삐딱해요."

"사람에게는 거부할 수 없는 운명이 있는데. 그 첫 번째가 태어나 생명을 얻은 것이고, 두 번째가 사랑을 통해 또 다른 생명을 얻는 것이야."

이발사가 말했다.

"어쭈."

"자, 촛불 끄고."

선미의 선창으로 어눌하게 축가를 웅얼거리며 손뼉을 쳤다. 나는 조심스럽게 촛불을 껐다. 반은 꺼지고 반은 남았다. 선미가 후, 하고 불어 온종일 목욕탕에서 들이마신 김이 쏟아져 나오며 세 개의 초가 무너져 바닥으로 떨어졌다.

"내년에는 좋은 사람 만나서 생일상 받아야지?"

"뭐 하려고 결혼은 해. 그냥 혼자 살아. 자유연애하고."

"선미 같으면 신랑 생일상 잘 차려줄 텐데. 알뜰하고 친절해서."

"그러고 보니 둘이 어울리네! 그림 좋잖아!"

파티는 그렇게 끝났다. 하릴없이 흘러간 일 년은 흔적도 없이 사라졌고 다가오는 일 년도 그럴 것이다. 지원마저 떠나갔으니 더욱이 되돌아볼 일 없고 계획할 일도 없는 인생이 되어버렸다.

자기에게 운명을 가져다준 자들을 혐오하는 인간만큼 불행한 인간은 없다.

5

 케이크 두 조각을 들고 계단을 내려갔다. 5층 건물의 지하에는 PC방과 노래방이 있고 1층은 목욕탕, 2층부터 5층까지는 모텔, 옥상에는 직원 식당 그리고 나와 보일러공 부부가 기거하는 방이 있는 임시 건물이다. 식당은 보일러공 아내가 운영하는데, 직원 대부분이 여기서 두 끼를 먹는다.
 모텔 데스크는 개방형이 아니고 손님과 대화하고 돈을 받을 수 있는 창문만 뚫린 밀폐형이다. 책상과 금고, 컴퓨터가 있고, 데스크를 지나면 뒤쪽으로 물품을 보관하고 미화원들이 대기하는 방이 있다.
 "뭐냐?"
 회전의자에 앉아 한쪽 발을 테이블에 올리고 앉아 있던 양아치가 케이크를 노려보며 물었다.
 "오늘이 내 생일이랍니다."
 "엉, 그래? 거기 놔."
 양아치는 턱짓으로 제 발을 올린 테이블을 가리켰다.
 "네가 몇 살이지?"

"먹을 만큼 먹었어요."

"먹을 만큼 얼마?"

"나도 잘 모르겠네……. 스물 몇 살까지 세다가 잊어버렸어요."

"야! 씨발아! 나이가 뭐, 국가 기밀이냐!"

양아치는 발을 내리고 케이크 한 조각을 우물거리다 꿀꺽 삼켰다.

"달긴 다네."

흑인 남자와 20대 후반으로 보이는 여자가 들어왔다. 흑인 남자는 머리를 건들거리며 뒤쪽에 서 있었고 여자가 돈을 냈다. 양아치는 501호에 배정했다.

"옛날에는 초콜릿이라도 얻어 처먹으려고 까만 좆을 빨았는데 요새는 환장들 해서 밥까지 사주며 빨아대니."

손님을 받느라 내렸던 발을 다시 올리던 양아치가 야비하게 웃었다. 그는 사장의 조카로 사장보다 더 사장 짓을 했다. 사장이 목욕탕 데스크에 앉아 있어 모텔은 그에게 맡기는 편이라 더욱 그렇다.

자오밍이 207호에서 나왔다. 그녀는 왕의 침전 밖에서 대기하는 상궁처럼 데스크 뒷방에서 대기하고 있다가 방이 비워지면 재빨리 달려가 5분 이내에 정사의 흔적을 지운다. 그녀의 아버지는 한족이고 어머니는 조선족이라고 했다. 스물아홉이라고 했으나 스물다섯 정도로 보여 나이를 속인 것으로 의심되었다.

"케익 먹어."

"무슨 케익이에요?"

"쟤 생일이래. 그런데 나이는 국가 기밀이래."

"지난번에 서른 몇이라고 했는데?"

자오밍이 내 옆 앉은뱅이 의자에 앉으면서 자연스럽게 자오밍과 나, 양아치를 연결하는 삼각 구도가 만들어졌다. 양아치는 서부의 악당처럼 텔레비전 리모컨을 들고 총을 쏘듯 채널을 돌렸다. 자오밍과 내 시선도 텔레비전에 고정되었다. 스포츠 채널에서 배구 중계를 했다. 다음은 당구 채널로 백인 선수가 친 공이 빨간 공을 타격했다. 당구공이 부딪히는 경쾌한 소리와 해설자의 차분한 말소리가 셋을 공동체 속으로 몰아넣는 듯했다. 다음은 오래된 드라마를 재방송하는 채널이었다.

양아치는 시원치 않은지 리모컨을 던져놓고 큰 숨을 내쉬었다. 텔레비전에서 시선을 뗀 자오밍은 손톱을 만졌고 나는 기지개를 켜며 몸을 틀었다.

"식사는 했어요?"

뜬금없이 자오밍이 물었다. 그녀의 말소리가 우물에 돌을 던지듯이 파동을 남기고 사라지는 동시에 양아치는 손가락을 귀에 넣어 헤집었고 나는 오른발을 왼 무릎에 올려 발바닥을 주먹으로 툭툭 때렸다. 셋을 연결하여 만들어진 삼각균형이 상대적으로 움직임이 적은 자오밍 쪽으로 기울어지다가 자오밍이 나를 향해 고개를 돌리는 바람에 다시 원위치 되었다. 그런 식으로 균형은 흐트러졌다가 다시 유지되기를 반복했다.

모두 충실한 이 순간, 손님들이 안락하게 섹스할 수 있는 공간을 제공하기 위해 충견처럼 데스크에서 파수를 서는 양아치, 양아치와 임무를 교대해야 하는 나, 그리고 섹스 흔적을 지워야 하는 자오밍이 만들어 낸 움직임이 우주를 변화시키고, 만들어낸 균형이 우주를 떠받치는 듯했다.

　하지만 우주는 고사하고 이 공간마저 내가 케이크를 가지고 들어올 때와 변한 것은 아무것도 없었다. 스쳐가는 파동처럼 미세한 변화들이 있었을지는 몰라도 근본적으로 변한 것은 없다. 내 존재 또한 마찬가지다. 케이크를 들고 데스크로 들어오기 전의 나와 데스크에 앉아 있는 나는 달라지지 않았다.

　만약 그날 내가 지원의 휴대폰을 보지 못했고, 그래서 헤어지지 않고 오늘도 그녀와 음란한 농담과 섹스를 하고 출근했더라면, 나는 조금이라도 다른 사람이 될 수도 있었을까?

　더 나가 1년 전 그녀를 만나지 않았더라면, 그녀의 존재 자체를 몰랐더라면, 그래서 지금 만나는 여자가 없거나 다른 여자를 만나고 있다면, 나는 조금이라도 다른 사람이 되어 여기에 앉아 있을까?

　그것도 아니면 그보다 훨씬 오래전 내가 겪은 고통이나 치욕들이 내 삶을 약간씩만 비켜났더라면, 누군가가 추락하는 모습이 반복해서 떠오르는 삶을 살지 않았더라면, 내가 태어난 지역이나 자란 지역이 달랐더라면, 나는 모텔 파수꾼이 아닌 철학박사가 되어있거나 중소기업 사장이 되어있었을까?

그렇게 거대한 것이 아닌 작은 것이라도, 그러니까 내가 과거에 겪었던 사소한 사건 하나라도 나를 비켜 갔더라면, 지금 자오밍이 앉아 있는 의자에 내가 앉아 있고 내가 앉아 있는 의자에 자오밍이 앉아 있거나, 자오밍이 앉아 있는 의자에 자오밍이 아닌 다른 여자가 앉아 있을까?

"간다."

양아치는 퇴근하고 자오밍은 방이 비워지면 말해달라며 뒷방으로 갔다. 데스크는 진공관처럼 비워졌고, 불편한 상황들이 제거되었는데도 좀처럼 안정감을 유지하지 못했다. 물 한 잔 마시고 시간을 확인한 뒤 무심히 문자를 뒤적거렸다.

"자장면들 언제 들어왔죠?"

뒷방에서 손님에게 제공하는 목욕용품을 담고 있던 자오밍이 고개를 빼며 물었다.

"일곱 시. 왜?"

"시간 정확하네. 나갈 때 됐네요."

이삼 주에 한 번씩 오는 커플이다. 40대 초반으로 예의가 바르고 공손했다. 행동 패턴도 언제나 같다. 둘 다 정장 차림으로 7시 전후에 들어와 섹스한 뒤 자장면으로 저녁을 시켜 먹고 9시 30분에 나간다. 냉장고에 생수 한 통만 마시고 음료수는 손도 대지 않는다. 여섯 개가 지급되는 수건은 각자 하나씩만 사용하고 개어놓는다. 아마 공무원이나 회사원으로 퇴근하자마자 오는 듯했다. 집에 있는 남편과 아내에게 저녁 먹고 왔다고 거짓말하기 가장 적당한 시간이다.

"남자가 참 괜찮던데요."

"그런 남자 좋아하는구나."

"그건 아니고요. 신사 같잖아요."

약간 졸음이 몰려왔지만 참아야 했다. 초저녁은 내 시간이 아니다. 금요일과 토요일 9시경은 만실로 60개의 방에서 동시에 펌프질을 해대어 신음과 냄새가 복도까지 새어 나온다. 이곳은 거대한 무대다. 밖으로 나가 모텔을 투사해 보면 정밀하게 돌아가는 공장의 기계처럼 60쌍이 섬세하게 움직일 것이다. 자발적으로 들어온 손님이 아니라 연출가에 의해 철저하게 기획된 한 컷과 같다.

6

 며칠째 시달리는 우울감이 오히려 나의 마음을 잔잔하게 만들었다. 봄날의 잔디처럼 까슬까슬 올라오던 불분명한 악의도 눈 덮인 것처럼 하얬다. 괴롭히던 과거도 빈 웃음처럼 하찮았고, 모든 사람의 행동도 무기력하게 보여 눈에 거슬리지 않았다. 차라리 이렇게 사는 것도 나쁘지 않을 듯했다.
 지난번에 갔던 도서관에 갔다. 평일 낮 그것도 오전 시간이라 그런지 이용객들이 별로 없다. 유명 출판사에서 전집으로 출간한 세계문학 코너에서 볼만한 책을 살펴보았다.
 다섯 권째 책을 뽑았는데 첫머리에 줄이 그어져 있었다. 인문학 책 중에서 줄이 그어진 책을 뽑아 비교해 보았다. 동일인은 아닌 듯했다. 아마 이 사람도 인문학 책에 낙서한 것을 보고 도덕심이 무너져 따라 그었을 수도 있다.
 잔잔했던 마음이 일렁거리기 시작했다. 인문학 책 다섯 권을 골라 휴대폰으로 줄을 긋고 낙서한 부분을 사진 찍었다. 컴퓨터를 사용할 수 있는 정보화 자료실로 이동하여 한글파일에 사진 다섯 장을 옮긴 후 낙서 부분을 잘라 편집한 뒤 아래쪽에 글을 입력했다.

'우리 도서관에 책마다 이렇게 줄을 긋고 낙서를 한 사람이 있습니다. 한 사람의 글씨체인데 어떤 년인지 놈인지 알 수 없지만, 이런 무식한 인간하고 같은 시에 살고 있다는 것이 부끄러울 뿐입니다. 이 인간은 책 좀 읽는다고 꼴값 떠는 말을 할 텐데, 그 말은 말하는 자와 듣는 자 모두에게 저주가 될 것입니다.'

최종적으로 A4용지 1/3 크기로 편집을 하여 스무 장을 출력했다. 다시 자료실로 돌아와 그가 줄을 긋지 않은, 신간 위주로 그의 독서 성향으로 봤을 때 언젠가 볼 수 있을 것으로 추측되는 책들을 골라 끼워 넣었다.

도서관 옆 문방구에서 수정테이프를 구매하여 돌아와 내가 '쾌락은 없었어.'라고 낙서한 책을 찾았다. 수정테이프로 지우고 제자리에 꽂아놓았다. 뭔지는 몰라도 어떤 복수를 하는 동시에 나 자신은 도덕적인 인간이 된 기분이었다.

곧바로 도서관을 나와 커피숍 갈매기로 향했다. 차로 가면 5분 거리지만 걸어서는 1시간 거리다. 중간쯤에 양쪽으로 높은 담이 있는 좁은 길이 있다. 바닥은 붉은색 보도블록에 우측은 내 키 두 배 정도의 콘크리트 축대이고 좌측은 오래된 주택들이다.

성냥갑처럼 연결된 슬래브 집들이 지난번에 왔을 때와 달라져 보였다. 오래간만에 와서 그런지 내 눈이 달라져서 그런지 알 수 없다. 어디선가 개 짖는 소리가 기이하게 들렸다. 서너 번 짖다 멈추었다가 다시 짖었다.

활처럼 휘어진 길 중간쯤 걸을 때 동굴에 갇힌 기분이 들었다. 골목은 고요했고 금방 들었던 개 짖는 소리가 실제로 개가 짖은 소리인지, 들었다고 착각한 것인지 알 수가 없었다. 한 번만 더 짖어주면 실재인지, 착각인지 구분할 수 있을 것 같은데 야속하게 더 짖지 않았다.

커피숍도 주택 1층을 보수하여 개업한 곳으로 낮에는 한적하다. 구석에 앉아 평균 서너 시간 동안 책을 보는데 손님이 한 명도 없을 때가 많았다. 40대로 보이는 여자 사장은 늘 안쪽에 있는 별도의 공간에서 책과 노트북을 펼쳐놓고 진지한 표정으로 뭔가를 하고 있다. 그녀를 볼 때마다 글을 쓰고 있다는 확신과 함께 심연회원이 아닐까 하는 엉뚱한 생각이 들기도 했다. 장사에는 별로 관심이 없어 보였으며 커피숍도 작업실을 겸하여 운영하는 것으로 짐작되었다.

도착했을 때 손님도 사장도 없었다. 며칠 전에 왔을 때와 커피숍 내부 분위기가 달라진 것 같은데 구체적으로 무엇이 달라졌는지 모르겠다. 앞쪽 화분 배열이 달라진 것 같기도 하고 환기를 위해 접이식 문을 활짝 열어놓아서 그런 것 같기도 하고…….

사장이 사용하던 별도의 공간에 노트북이 펼쳐져 있고 책이 놓여 있는 것으로 보아 멀리 가지 않은 듯했다. 어딘가에서 누군가가 끊임없이 글을 쓴다는 것이 신기하면서 끔찍하다는 생각이 들었다.

뒤쪽 문이 열리더니 커피숍 사장이 화분을 들고 들어 왔다. 개량 한복을 입어서 그런지 예전보다 더 차분해 보였다. 커피를 시키고 노트북을 켜 심연에 포스팅할 글을 쓰기 시작했다.

도서관에서 빌려 읽은 '질투'에 관한 글이었다. 아내와 이웃 남자 사이를 의심하고 질투하는 남자의 이야기다. 그는 붙박이처럼 고정된 시선으로 이웃집 남자와 아내의 움직임을 관찰할 뿐이다. 그의 불안과 고통은 시선에만 묻어 있지, 드러나지 않는다.

심연 게시판에 게시하자마자 읽은 표시가 빠르게 올라갔다. 가장 바쁜 평일 오후 시간인데도 많은 회원이 읽어주고 있는 것이었다. 기분이 많이 좋아졌다.

7

 돌아올 때는 다른 길로 걸었다. 시립운동장에서 사람들이 축구를 하고 있었다. 이곳에서 2부 리그 프로축구경기가 열린다는 말을 들은 것 같다. 검표원들이 지키고 있는 출입문 반대쪽에 안쪽이 들여다보이는 공간이 있었다. 선수들이 공을 따라 우르르 몰려갔다가 몰려오기를 반복했고 종종 고함이 들렸다. 관중석은 한쪽만 보였는데 열 명 정도의 관객이 앉아 있었다.
 프로축구경기가 관객을 위한 경기인지 선수들을 위한 경기인지 알 수 없지만, 둘 다 어느 쪽이 되었든 관객 없이 운동장을 뛰어다니는 모습이 측은하게 보였다. 또한, 표를 구매하지 않고 밖에서 경기장 안을 보는 행위가 불법은 아니더라도 도덕적으로 잘못된 행위에 해당할지도 모른다는 생각이 들었다.
 만약 내가 동정심으로 표를 한 장 구매하여 관람한다면 프로축구 발전에 도움이 될지, 아니면 동정심이 오히려 축구관계자들의 경각심을 느슨하게 하여서 해가 될지, 아니면 어느 쪽에도 영향을 미치지 못하는 의미 없는 행위가 될지 궁금했다.
 학생으로 보이는 남자아이 두 명이 내 뒤에서 나처럼 안쪽을 보고 있었다. '저, 병신, 저걸 못 넣냐.' 한 아이가 말했다. '어차피 삼류들이야.' 다른 아이가 말했다.

내가 아이들을 나쁜 길로 인도한 것 같은 마음을 뒤로하고 발걸음을 옮겼다. 선미 집이 이 근처라는 생각이 들어 문자를 했다. 목욕탕은 일주일에 한 번씩 쉬는데 오늘이 그날이다. 벤치에 앉아 30분 정도 기다리자 저 멀리서 선미가 뒤뚱거리며 뛰어왔.

"뭐하러 뛰어와."

"오빠가 웬일인가 싶어서."

"그냥. 저기 시장가서 어묵이나 먹을까?"

"어묵? 좋지."

선미는 꽃무늬 치마를 펄럭이며 앞장서서 걸었고 나는 줄에 묶인 강아지처럼 따라갔다. 다리를 건너자 곧바로 시장이었다. 전통시장 개량사업으로 설치한 돔형 천장 지붕이 서커스 무대처럼 우뚝 솟아올라 있었다. 분식집 안으로 들어가 떡볶이 1인분과 어묵 2인분을 시켰다.

그녀는 다이어트 중이라며 어묵 한 개와 떡볶이 몇 개만 집어 먹고 내가 먹는 것을 기분 좋게 바라보았다. 그녀는 늘 동생이라기보다 마음씨 좋은 누나 같았다. 분식집을 나와 시장 보러 온 부부처럼 이것저것 구경하다 출근했다.

어묵집 아주머니가 맛있게 먹으라고 말 하듯이 맛있는 섹스 하십시오, 라고 노골적으로 말하지는 못하더라도 그러기를 바라는 미소를 지으며 돈을 받고 방을 배정하는 사이 하루가 밀려나고 있었다.

10시가 다 되어 늘 7시에 들어와 9시 30분에 나가던 자장면 연인이 정장이 아닌 운동복 차림으로 들어왔다. 직장에서 운동이 있었거나 퇴근하여 집에 들어갔다가 다시 나온 듯했다. 3층에서부터 5층까지는 거의 만실이라 207호로 배정했다.

50분 정도 지나고 40대 후반의 남자가 두리번거리며 올라왔다. 데스크 앞에 선 그는 위층으로 올라가는 계단과 복도 끝을 살펴보더니 내게로 왔다.

"운동복 입고 올라온 두 사람 몇 호실로 들어갔습니까?"

그의 목소리는 물결처럼 불안하게 흔들렸고 입술은 파르르 떨렸다. 본능적으로 자장면 여자의 남편이라는 것을 알 수 있었다.

"손님들을 자세히 보지 않아 알 수가 없습니다."

"내가 밖에서 봤는데요. 그 이후로 손님이 안 들어갔거든요. 그러니까 마지막으로 들어온 손님 몇 호실이죠?"

미행하고 곧바로 덮치면 증거를 잡을 수 없으니 옷을 벗고 샤워하고 침대에 올라갈 시간까지 계산하여 기다린 모양이었다.

"이 사진 봐주세요."

그가 휴대폰에 저장된 사진 몇 장을 보여주었다. 그녀가 맞았다.

"어디 봐요."

뒤에 있던 자오밍이 끼어들었다.

"방에 들어가 있어."

나는 휴대폰을 보려는 그녀에게 눈을 흘기며 힘주어 말했다.

"내가 이래 봬도 눈썰미가 있어요."

"아가씨, 이 사진 좀 봐주세요."

"신경 쓰지 말고 시킨 일이나 해. 뒤에 가 있어."

그녀는 어지간해서는 화내지 않는 내 목소리에 놀랐는지 뒷방으로 갔다.

"왜, 안 알려주려고 그러지?"

그가 목소리를 누르며 말했다. 분노와 수치심을 감추기 위해 이를 악물었고 나름 자제하려고 노력하는 것으로 보아 그렇게 무례한 사람으로 보이지는 않았다.

"진짜 모릅니다. 설령 안다고 해도 개인정보도 있고."

그는 데스크 앞에서 잠시 서성이다 휴대전화기를 꺼내 어딘가로 전화를 걸었다. 상대방이 받지 않자 다시 걸기를 반복했다.

"난데. 어디야?"

남자는 휴대전화를 들지 않은 왼손으로 자신의 머리카락을 한 번 잡아당겼다.

"그래? 빨리 와. 나리가 교통사고 나서 의식이 없어."

그는 전화를 끊고 계단을 향해 동영상을 촬영하기 시작했다. 우리 모텔은 엘리베이터가 없어 계단으로 내려올 수밖에 없다는 것을 파악한 모양이었다. 그때 207호 문이 열리고 그녀가 뛰어나왔다. 그가 뒤돌아서서 동영상을 촬영했다.

"어, 어....... 나리 아빠."

여자가 그를 발견하고 얼어붙은 것처럼 멈췄다. 그녀의 뒤를 따라 나온 남자도 그녀의 뒤에서 멈췄다. 그가 갑자기 남자를 향해 달려가 밀쳤다.

"너, 이 새끼."

"당신 뭐야?"

"나리 아빠……."

사태를 눈치 챈 남자가 도망가려고 하자 그가 남자의 운동복 바지를 잡았다.

"이거 놓으세요."

"내가 너희들 들어오는 장면 다 촬영했어."

"알았으니까 이거 놓고 이야기하시죠."

남자가 두세 걸음 더 이동하여 운동복 바지가 무릎까지 벗겨졌다.

"어떻게 해봐요."

언제 다시 나왔는지 내 뒤에 서 있던 자오밍이 속삭이듯 말했다.

"우리 자오밍이 좋아하는 신사 꼴이 말이 아니네."

"내가 언제 좋아한댔어요. 단골이니까. 어떻게 해보라니까요."

"저건 점잖은 편이야."

"하기야, 중국에서는 살인이 잘 나요."

"몇 년 전에는 남편에 시어머니, 시누이까지 몰려와 한쪽에서는 남자한테 주먹 날리고 한쪽에서는 여자 머리채 잡고……. 완전 난리가 아니었다."

"어떤 바보가 마누라 바람 피우는 데 자기 엄마하고 형제까지 데리고 와요? 그냥 깨끗이 이혼해 주지."

"오해야……. 집에 가서 이야기하자."

새파랗게 질려 서 있던 여자가 간신히 입을 떼고 말했다. 그사이 남자는 빠른 동작으로 그를 뿌리치고 후문 쪽으로 뛰었다.

"야! 거기 서!"

그는 쫓아가 다시 남자의 운동복을 잡았다. 운동복은 늘어났고 남자는 운동복에서 양발을 빼내고 팬티 바람으로 뛰어나갔다.

"엄마야!"

자오밍이 소리쳤고 나는 웃음이 터져 나왔는데 하필 여자의 눈과 마주쳤다. 남자는 사라졌고 그는 여자 쪽으로 걸어왔다.

"그게 아냐. 오해야."

"시끄럽게 하지 말고 깨끗이 끝내. 이혼 도장 찍고 그것만 넘겨."

"너는 드러내놓고 바람피우잖아!"

여자가 소리쳤다.

"그리고 그건 우리 아빠가 물려준 거야."

"그래, 아주 너, 니 애비, 저 새끼까지 개망신시켜줄게. 너한테 달렸어. 깨끗이 끝내. 나리도 상처받지 말아야지."

운동복 상의로 아래를 가린 남자가 승용차에 올라타 줄행랑치는 모습이 CCTV에 보였다. 여자는 주저앉아 울기 시작했다.

"저분 영업방해 되니까 부축해서 밖으로 데려다주든지 뒷방으로 데려가 진정시키든지 해."

자오밍이 여자를 부축하려 하였으나 여자는 스스로 일어나 계단으로 내려가다 중간에 서서 이러지도 못하고 저러지도 못했다. 주차장으로 나갔던 그가 다시 올라와 망설임 없이 207호로 들어가 비닐봉지와 침대보를 들고 나왔다.

"침대보가 필요한데 가져가고 새것으로 살 수 있도록 변상해드리겠습니다."

침대보와 비닐봉지 속 휴지에서 불륜의 증거를 수집할 모양이었다.

"그건 좀 곤란합니다. 저도 종업원이라 제가 결정할 수 있는 문제가 아닙니다."

"그쪽만 눈을 감아주면 문제가 없잖아요. 돈은 드리겠습니다."

처음에는 내가 지원으로부터 느낀 배신감보다 더 큰 배신감을 느꼈을지도 모른다는 생각에 이해하려 했으나 여자의 소유로 된 뭔가를 탈취하려는 비열한 수작으로 보였다.

"절대 안 됩니다."

그는 침대보를 더 움켜쥐더니 빠르게 계단을 내려갔다. 쫓아가 몸싸움을 하면서까지 빼앗을 수는 없는 처지여서 바라만 보고 있는데, 뒤에 있던 자오밍이 뛰어 내려가 침대보를 잡았다.

"안 된다잖아요."

자오밍과 그는 침대보를 잡고 줄다리기하듯이 서로를 향해 잡아당겼다.

"그냥 둬!"

내가 소리쳤다. 하지만 자오밍은 침대보를 잡고 아예 주저앉았고 기세에 눌린 그가 비닐봉지만 들고 내려갔다. 자오밍은 씩씩대며 뒷방으로 갔다.

그러든 말든 복도에는 다시 정적이 흘렀다. 여자 세 명이 지하 노래방으로 들어가는 모습이 정문 CCTV 화면에 보였다. 도우미들이다. 그녀들은 어디에서 대기하고 있는지 손님이 있을 때 늘 함께 왔다.

3층에서 남자 손님이 만 원권을 손에 쥐고 살금살금 계단을 내려왔다. 몸집이 작고 머리가 벗어진 남자로 한 달에 두세 번 오는 남자다. 하루는 술을 마시고 함께 온 여자와 싸우고 복도까지 나와 소리 지르며 영업을 방해했고, 하루는 모텔비 5천 원을 깎아 달라며 짜증을 냈다. 그는 슬쩍 데스크 쪽을 바라보더니 성인용품 자동판매기에서 돌출형 특수콘돔을 구매했다.

노래방으로 들어갔던 여자 중 한 명이 남자 손님과 올라왔다. 20대 초반으로 보이는 통통한 여자는 몇 번 온 적이 있었다. 남자는 50대 후반으로 서류 가방을 들고 있었다.

그는 조심스럽게 돈을 건네고 열쇠와 목욕용품을 받았다. 여자 셋이 들어갔는데 혼자 온 것으로 보아 나머지 둘은 헤어졌거나 남아서 노래를 실컷 부르기로 한 모양이었다.

여자 도우미들과 남자들이 어우러져 노래 부르다가 한 명이 그에게 '너는 쟤 데리고 가서 떡이나 쳐라.' 했거나, 그 스스로 '나는 얘하고 떡이나 치러 갈게' 했을 거라는 생각을 하니 웃음이 나왔다. 그래, 좋다. 섹스가 가벼운 오락행위가 될 때 인간은 억압에서 한 걸음이라도 더 해방될 것이다. 그렇다면 지원은 선구자인지도 몰랐다.

8

 옥상 임시 건물은 얼핏 보면 동화책에 나오는 난쟁이 마법사의 집같이 아담하지만, 여름에는 온실효과로 뜨겁고, 겨울에는 단열이 되지 않아 춥고, 태풍이 불어 닥치면 집 전체가 하늘로 치솟아 곤두박질할 것같이 위태롭다.

 한 가지 좋은 점은 옥상에 설치된 작은 평상에 누워 상상에 빠지거나 상실했던 시절을 떠올리거나 잠들어 꿈꾸는 시간이다. 조그만 평상은 그런 것들을 자극하는 마술 담요와 같은 신비한 힘을 가진 듯 했다.

 지난 한 달 동안 나는 이 침상에서 지원과 함께했던 시간을 떠올리기도 하고 그녀를 잊으려고 안간힘을 썼다. 특히 지원을 그리워하다 보면 생각이 샛길로 빠져 어린 시절에 다다르는 경우가 허다했다.

 내 어머니는 스물에 나를 낳고 우울증에 시달리다 세상을 떠났다. 반면 아버지는 어머니보다 열여덟 살이 많은 병원급 보건소 전문의였다. 사람들은 아버지가 철없는 어머니를 유혹하여 임신시켰다고 비난했다.

 그녀는 나를 낳고 안절부절못했다. 우는 나를 달래지 못하고 구석에 앉아 함께 울거나 외할머니와 친구들에게 전화하여 투정을 부렸다. 오기가 나면 네가 언제까지 우나 보자는 듯이 꿈쩍 않고 노려보기도 했다.

"이게 뭐냐고! 너 때문에 내 신세가 말이 아니잖아. 엄마가 미안해. 엄마가 마음이 아파서, 화를 자주 내서 미안해. 우리 아가 종수……. 그런데 종수가 뭐야. 어른 이름 같잖아. 너, 저리 가. 징그러워! 네 아빠가 어떤 인간인 줄 아니? 악마야! 네 할머니도 악마야. 돈 몇 푼에 넘어갔단다. …… 아니야. 그런 일은 없었어. 아빠는 우리를 사랑한단다."

아버지 말로는 원래 우울증이 있는 데다 산후우울증이 겹쳐 심각해졌다고 했다. 그녀는 외모도 앳되어 소녀처럼 보였다. 나와 함께 외출했을 때 아이 엄마라고 하면 다들 놀라워했다.

내가 두 살 되던 해부터 그녀는 정신병원에 입원과 퇴원하기를 반복했다. 보건소 옆 관사에서 살던 나는 졸지에 버려진 아이처럼 자랐다. 간호사와 청소하는 아주머니가 보모 역할을 했다.

내가 가장 먼저 배운 말은 엄마 아빠 다음으로 주사·링거·수술·피·죽음과 같은 단어다. 언어가 인간의 정신구조를 만든다고 한다. 언어가 사고하고, 언어가 사유한다. 그러므로 최초로 형성된 내 사고와 사유는 주사와 링거·수술·회진·피·죽음의 이미지다.

또한, 내게 가장 익숙한 소리는 고통에서 나오는 환자들의 신음이었고, 내가 마신 공기 대부분은 소독약과 피 냄새였다. 신음은 몸이 내는 가장 원초적이고 인간적인 언어이며, 냄새는 삶의 흔적을 기억으로 보관하는 포장지와 같은 것이다.

 세월이 흘렀음에도 내 귓가에는 신음이 낑낑거리고 내 몸 깊숙한 곳에는 소독약과 피 냄새가 습기처럼 박혀 있다.

 나는 다른 아이들보다 한 살 어린 6살에 초등학교에 입학했다. 보건소 관사에서 생활하다 외할머니에게 맡겨졌을 때였다. 발육이 늦어 기껏해야 네다섯 살 정도밖에 보이지 않는 작고 유난히 하얀 아이였는데, 외할머니가 보살피기 귀찮으니 미리 학교에 넣은 것이다.

 석 달 정도 지난 어느 날 마을버스를 놓쳐 걸어서 학교에 가는데 판잣집이 다닥다닥한 골목 안쪽에서 한 소녀가 땅바닥에 그림을 그리고 있었다. 나보다 두세 살은 많아 보이는 아이로 그 시간에 학교에 가지 않는 것이 신기했고 땅에 그림을 그리는 장면이 비현실적으로 보였다.

 나는 골목 안쪽으로 들어가 그녀 곁에 앉았다. 그녀는 하얀색에 곰이 그려진 티를 입고 있었는데 바로 그녀가 땅에 그리는 그림이었다. 아쉽게도 이후의 기억이 나지 않는다. 내 삶에서 가장 또렷한 장면 중의 하나인데 그녀와 대화를 나눴는지 집에 어떻게 돌아왔는지 기억에 없다. 그날 학교에 가지 않은 것은 분명했다. 그 이유 때문인지 그 시점에 학교를 그만두게 되었고, 다음 해 또래 친구들하고 다시 학교에 입학했다.

 그리고 또 다른 소녀가 있었다. 내가 살던 외할머니 집은 판잣집이 다닥다닥 붙은 골목 중간쯤에 있었다. 외할머니 집 뒤쪽으로 구조가 똑같은 집이 있었는데 그곳에 나와 나이가 같은 여자아이가 있었다.

그녀의 부모와 외할머니는 낮에 일을 나갔고 골목에 또래 아이는 나와 그녀뿐이어서 자연스럽게 친해졌다. 그녀는 종종 우리 집에서 저녁을 먹었는데 그녀와 내가 친해진 이후부터 저녁을 먹기 시작했는지 친하기 전에 외할머니가 데려와 저녁을 먹였는지는 기억이 없다.

그러던 중 내가 초등학교에 입학하자 그녀는 졸지에 외톨이가 되었다. 학교를 마치고 마을버스에서 내리면 그녀가 골목 입구에서 서성이다가 뛰어와 내 가방을 받았다.

그러던 어느 날 교과서가 들어있던 가방을 잃어버렸다. 그때가 골목에서 그림을 그리는 소녀를 본 시기와 맞물려 있어 학교를 그만둔 이유가 그날 학교에 가지 않아서가 아니라 가방을 잃어버려서인지 모른다. 어쩌면 두 가지가 우연히 겹쳐 있어 더 쉽게 그만두었는지 몰랐다.

이듬해 그녀와 함께 입학하게 되었다. 선생들은 녹음기처럼 지난해 했던 말들을 토씨 하나 바꾸지 않고 반복했다. 나는 학교가 시시해졌다. 그러다 외할머니가 이사하여 그곳을 떠나게 되었는데, 이사하기 바로 전날 그녀는 자기 집 다락방으로 데려가 일 년 전에 감춰뒀던 가방을 돌려줬다.

하지만 이 기억들은 불분명하다. 어쩌면 조작된 기억들일지도 모른다. 초등학교 1학년을 두 번 다녔고, 외할머니가 아파트에서 살다 어머니 사건 이후 판잣집이 다닥다닥한 동네로 이사하여 몇 년 동안 살았던 것은 맞다. 옆집에 소녀가 살았던 것도 맞지만 그녀가 내 가방을 감췄다는 기억은 불분명하다. 특히 가장 선명하게 떠오르는 골목에서 그림을 그리던 소녀는 실제 기억이 아닌 듯하다.

 이처럼 나에게는 실제의 기억과 조작된 기억들이 혼재되어있다. 정확한 원인은 알 수 없지만, 상상에서 비롯된 것으로 추측할 뿐이다. 나는 어렸을 때부터 끊임없이 상상했고, 나 자신을 상상의 세계에 가뒀다.

 상상들로 가득 차 있는 머릿속은 깔끔하게 정리된 책상 서랍과 같았다. 한 가지 상상에 빠져 있다가도 다른 상상이 떠오르거나 상상을 멈춰야 할 상황이 닥치면 그때까지 상상하고 있던 내용을 잘 정리하여 한쪽 서랍에 넣어두었다. 그리고 며칠이 지나 기회가 생기면 다시 꺼내 줄거리를 이어갔다.

 하지만 지원과 이별한 뒤로 서랍의 경계가 무너지면서 현실과 상상, 실제의 기억과 조작된 기억을 쉽게 구분할 수가 없었다. 그것들은 이미 내 것이 아닌 것처럼 통제 불가능하게 각자의 세계를 만들어 얽히고설킨 채 웅크리고 있다가 불쑥 튀어나와 나를 괴롭혔다.

9

 보일러공 아내가 운영하는 식당은 종업원들이 교대로 밥을 먹어야 하므로 언뜻 보기에 초라하고 허전한 것 같아도 아주 분주한 식탁이다. 야간에 근무하고 낮에 자는 나는 늘 혼자 남들이 먹다 남은 음식을 먹는 편이다.

 숟가락질하며 심연에 새로 올라온 음악을 들었다. 음악 한 곡이 끝나갈 무렵 밥그릇은 거의 다 비워졌다. 회원들과 단체 채팅을 하고 있는데 양아치한테 문자가 왔다. 잠깐 볼일이 있어 나가야 하니 대리 근무를 해달라는 것이었다.

 월요일 그것도 정오쯤이라 손님이 없었다. 비워진 복도는 붉은색 조명이 가득 차 일렁거렸다. 그 빛을 헤집고 걸어 나가면 또 다른 차원의 세계에 도착할 것 같았다. 만약 그렇다면, 그곳에 도착하여 다시 돌아올 수 없다면 나는 용기 있게 발걸음을 뗄 수 있을까 하는 생각을 해보았다.

 CCTV에 양아치의 승용차가 들어오는 것이 보였다. 인수인계하고 후문으로 나와 골목길을 따라 걸었다. 놀이터에서 다섯 살 정도 되어 보이는 여자아이가 간호사 인형으로 놀이를 하고 있었고, 털 많은 강아지 한 마리가 한가하게 앉아 소녀를 바라보았다.

소녀는 현실이고 강아지는 꿈이라는 생각이 들었다. 꿈과 현실을 동시에 볼 수 있다는 것이 신기했다.

소녀 옆에 서성이다가 최근 사회 문제가 되는 유아 성범죄자로 오해를 받을 수 있다는 생각이 들었다. 만약 내가 이곳을 떠나고 다른 사람에 의해 그런 범죄가 저질러진다 해도 경찰은 이곳을 기웃거린 나를 용의자로 지목할 것이 분명했다. 그들은 나에게 거짓 자백을 강요하고, 급기야 거짓말탐지기에 태울 것이다. 문제는 내 속에 나도 알 수 없는 악의가 있어 진실을 말해도 거짓으로 나올 수 있었다.

문득 소녀를 본 기억이 떠올랐다. 지금 보고 있는 소녀가 그 소녀인지 확신할 수 없지만, 그 소녀가 아니라는 확신도 없었다. 확신할 수 없다는 생각에 사로잡혀서인지 내가 지금 보고 있는 것과 내가 보았다고 믿는 모든 것들을 확신할 수가 없었다.

보건소에서 간호사들 사이에 나는 스타이자 마스코트였다. 의사의 아들이라는 이유 때문만은 아니었다. 어머니를 닮아 선천적으로 피부가 하얗고 이목구비가 또렷하면서 귀여웠다.

하루는 교통사고로 다리가 부러진 소녀가 입원했다. 무슨 사정인지 보호자도 없었고 문병 오는 사람도 없었다. 우리는 이내 친해졌다. 어른들을 피해 병원 뒤쪽이나 복도에서 소꿉장난도 하고 인형 놀이도 했다.

"울어야지."

내가 말했다.

"왜?"

"네가 내 엄마잖아. 엄마는 우는 거야."

그녀는 우는 시늉을 했지만, 어머니의 울음 반도 따라가지 못해 마음에 들지 않았다.

"그렇게 우는 게 아니야."

"울기 싫어. 네가 신랑 하면 되잖아."

"그럼 더 울어야 하는데. 더 울고 화도 내야 해."

"화내기 싫은데."

"그러면 환자 해. 내가 치료해줄게."

나는 간호사실에서 훔쳐 온 붕대로 그녀의 팔과 다리를 칭칭 감았다. 그리고 약 대용품인 딸기잼을 그녀의 음부에 발랐다. 전생에 숙달된 기술을 상기한 것처럼 능수능란하게 움직였다. 상기설이 완전한 궤변만은 아닌 것 같다는 생각을 하게끔 하는 순간이었다.

생각보다 소녀의 입원이 길어졌다. 깁스를 풀었는데도 집에 가질 않았다. 보육원으로 보내진다는 말을 들은 것 같은데 어린 나는 보육원이 무슨 뜻인지 알지 못했다. 눈을 뜨자마자 그녀에게 달려갔고 병원 뒤쪽에 우리만의 공간을 만들어 놓았다. 내 인생 중 행복했던 시기는 그때뿐이었다.

소녀가 퇴원하자마자 분노와 무료함이 나를 채웠다. 간호사도 싫었고, 청소 아주머니도 싫었고, 아버지도 싫었다. 나는 어머니처럼 짜증을 내다가 울다가 화를 냈다. 그 시기 내가 가장 많이 들었던 소리는 '너 때문에 못 살겠다.'였던 것 같다.

두 달 만에 집으로 돌아온 어머니는 상태가 호전되었다. 하지만 기분 변화는 여전했다. 웃다가 울었고, 아버지에게 아양을 떨다가 화를 냈다. 나를 좋아하여 어찌할 바를 모르다가 귀찮은 존재로 생각하여 옆에도 못 오게 했다.

"엄마가 어떻게 놀아줄까?"

"나는 의사이고 엄마는 환자야."

"그래. 우리 아가는 아빠만큼 훌륭한 의사가 될 거야."

"여기 누워요. 주사 놓을게요."

"그래. 차라리 주사 맞고 자는 게 낫겠어. 사실은 엄마가 너무 짜증이 나거든. 생각해 보니 너하고 나하고 이십 년 차이고, 나하고 네 아빠하고 거의 이십 년 차이가 나는구나. 우리는 이상한 가족이야."

어머니는 다시 울었다. 우는 어머니와 병원에서 의사 놀이하던 소녀와 골목에서 그림을 그리던 소녀와 지금 소꿉장난하는 소녀의 모습이 겹쳐졌다. 나는 빨리 벗어나야겠다는 생각에 세 발자국 정도 걸었을 때 소녀가 강아지에게 인형을 던졌고, 놀란 강아지가 줄행랑을 쳤다. 나는 줄행랑친 강아지를 대신하여 소녀를 지켜야 할 것만 같아 자리를 떠나지 못했다.

소녀는 강아지 이름을 부르며 달려갔다. 지금, 이 순간이 오래전에 있었던 일이라는 생각이 들었다. '현재와 미래, 과거의 모든 사건이 동시에 존재하는 사건일 수도 있다.'라고 주장하는 사람들이 있다. 그러니까 얼마 전 내 생일에 케이크를 자른 사건과 400여 년 전 데카르트가 난로 앞에서 졸던 사건과, 2,500여 년 전 피타고라스가 히파소스를 바다에 수장시킨 사건과, 수십억 년 전 지구가 생겨난 사건과 수년 후 내가 죽는 사건과, 수십억 년 후 지구가 멸망하는 사건이 동시에 일어나는 사건이라는 이야기다. 다시 말해서 과거에 존재했던 그리고 현재에 존재하는 그리고 미래에 존재할 그 모든 것이 지금 존재한다는 뜻이다.

그렇다면 내가 어머니의 눈물을 머금고 태어난 사건과 어머니가 아파트 14층에서 몸을 던진 사건과, 영어 선생이 지원의 음부에 성기를 밀어 넣은 사건과, 지금 내가 소녀를 바라보는 사건은 동시에 일어나고 있다는 이야기다. 그리고 그 모든 것은 영원히 존재한다고 봐야 하므로 내가 겪은 모든 치욕과 고통은 지금 고스란히 존재한다고 봐야 한다.

줄행랑쳤던 강아지가 다시 나타나 서성거렸다. 소녀도 없는데 강아지만 있으니 뭔가 속은 기분이었다. 감각이 때로는 우리를 기만한다는 것이 사실인 것 같았다. 그렇다면 저 강아지는 여기 없을 수도 있고, 좀 전의 강아지가 아닌 다른 강아지일 수도 있고, 지금 내가 우주의 어떤 별에서 영상으로 강아지를 보고 있을 수도 있다.

어쨌든 나는 강아지 역할을 대신하였고, 이제 강아지가 왔으니 떠날 때가 되었다고 생각했다. 모텔로 가기 위해 아래쪽 계단으로 향했는데 계단 중간에 소녀가 앉아 있었다. 소녀는 나를 보지도 않고 손톱으로 콘크리트 바닥을 긁고 있었다. 나는 소녀와 너무 가까이 있는 것 같아 두 계단 더 내려가 간격을 유지했다. 소녀가 너무 지저분하여 목욕탕에 데려다주고 싶었지만 정말 그런 제의를 한다면 이상한 남자로 생각할 것이 분명했다.

"손톱 망가져. 그러지 마."

소녀는 무슨 상관이냐는 표정으로 나를 힐끗 쳐다보더니 빌라 쪽으로 뛰어갔다. 소녀가 없어지자 주변의 모든 사물이 사라진 듯한 느낌이었다. 갑자기 내가 정말로 악해질 수 있을까, 악의가 행동으로 나올 수 있을까, 하는 생각이 들었다.

10

 눈꺼풀 사이에 낀 빛이 파르르 떨며 파동을 일으켰다. 다시 한 번 눈을 껌벅이자 건너편 벽이 반으로 접혔다가 펴졌다. 파리 한 마리가 벽을 타고 올라가다가 내 쪽으로 날아왔다. 마치 내가 부르기라도 한 듯 방정맞게 날개를 흔들며 내 주위를 뱅뱅 돌았다.
 손을 휘저었다. 내가 휘저은 손은 이내 과거로 사라졌지만, 과거로 사라진 내 손의 움직임에 화들짝 놀란 파리는 뒤로 물러났다. 내 과거의 행동이 파리의 현재를 결정했다는 생각이 들면서 신기했다.
 휴대폰을 찾아 시간을 확인했다. 12시 40분이었다. 지금 내가 이러고 있는 것도 무엇인지는 모르지만, 그 무엇이 나를 결정하고 있는 것이 분명했다. 그러므로 내가 지금 눈을 뜬 것도, 일어나기 싫어 계속 뭉그적거리는 것도 내 탓이 아니라 그 무엇이 결정한 것이다.
 뱅뱅 돌던 파리는 내 허벅지 쪽으로 사라져 보이지 않았다. 모로 누웠다. 사라졌던 파리가 다시 방안을 한 바퀴 회전했다. 머리맡에 있던 책을 집어 던졌다. 책이 날아가면서 쏟아지는 문장들에 놀란 파리가 후다닥 창문 밖으로 날아갔다. 밖으로 나간 파리가 무엇의 운명을 결정할지 궁금했지만 졸려서 좀 더 자기로 했다.

"오빠 있어?"

선미였다. 이 시간에 옥상은 잘 올라오지 않는데 이상하다는 생각이 들었다.

"문 좀 열어봐. 이거 열어도 되지?"

그녀는 문을 열어젖혔다. 반바지 하나만 걸치고 있던 나는 침대에서 내려와 러닝셔츠를 찾기 위해 두리번거렸다.

"아휴! 환기 좀 시켜!"

"그런데 왜?"

"저기."

그녀가 턱으로 가리킨 곳에 서 있는 여자아이를 보자 정신이 번쩍 들었다. 나와 아버지가 같고 어머니는 다른, 배다른 동생 지수였다.

어머니가 병원에서 퇴원한 며칠 후 아버지는 어머니와 나를 데리고 외할머니 댁으로 갔다. 내가 네 살 되는 해였다.

"장모님이 조금만 보살펴주면 제가 방법을 찾아보겠습니다."

"자네도 알다시피 내가 일을 다니고 있잖아."

"생활비 드릴게요. 이 사람이야 입원시키든지 하면 되지만 종수는 어디 맡길 데가 없어요. 온종일 보건소 뒤뜰과 간호사실을 뛰어다녀 말이 아닙니다. 눈치도 보이고."

"병원에는 죽어도 안 가. 한 번만 더 입원시키면 죽어버릴 테야. 나만 안 죽는다는 것 알지?"

어머니는 아파트에 들어올 때부터 바짝 화가 나 있었다. 말을 할 때마다 얼굴이 일그러지고 입술을 떨었다.

"약 잘 먹고 차분히 있어. 한 번만 더 그러면 영원히 병원에 넣어버릴 테니까."

"그게 할 소리인가?"

의대를 졸업한 아버지는 일반 병원에 자리를 구하지 못해 변두리 보건소에 자리를 잡았다. 어렸을 때 보건소 원무과 직원이 그를 지칭하여 '여자 따먹으려고 의사 된 놈.'이라고 험담하는 것을 엿들은 적이 있다. 그 험담이 틀리지 않는다면 그는 의사의 권력을 앞세워 어린 환자였던 어머니를 따먹었고 그 결과가 나였다.

"그러니까 저 어린 것을 데려다가. 집에서 대학도 보내고 그랬으면 저렇게 되지는 않았을 것 아닌가?"

"그걸 따질 때가 아니잖아요. 솔직히 말해서 나도 똥 밟았다고요."

"그게 무슨 소린가?"

"됐어요."

"나를 버리겠다는 거잖아! 이 늙은 늑대 새끼야!"

어머니가 갑자기 홍두깨를 집어 아버지를 향해 던졌다. 운동신경이 뛰어난 아버지가 재빨리 옆으로 피했다. 홍두깨는 아버지를 지나쳐 나를 향해 날아왔다. 잠깐 정신을 잃었다 깨어났을 때 어머니는 주저앉아 울고 있었고, 아버지는 나를 안고 현관문을 나섰고, 외할머니는 아버지 뒤를 따라 나왔다. 눈에 고인 것이 눈물이 아니라 피라는 것을 인식하면서 다시 정신을 잃었다.

  서둘러 수술하였으나 시력을 잃어 한 눈으로 세상을 보아야 했다. 그래서 내게 보이는 세상은 불분명하다. 공간은 삼각형으로 기울어지고, 사물은 일그러져 있다.

  퇴원하는 날 아버지가 운전하고 외할머니와 나는 뒷좌석에 탔다. 외할머니의 아파트는 14층이었다. 건축된 지 20년이 넘었지만, 외부 도색을 새로 하여 깔끔했다. 차에서 내려 14층을 올려다보았을 때 어머니가 창문틀에 올라섰다. 아버지는 차에서 내리지 않았고 할머니는 짐을 챙기던 중이라 나만 그녀를 발견했다. 그녀 또한 우리를 보지 못했다.

  내가 '엄마다!' 하려는 순간 그녀는 몸을 던졌다. 중력이 어찌나 강하게 잡아당겼던지 내 눈보다 더 빠르게 바닥으로 향했다. 다른 조건은 없었다. 조경수가 있어 낙하속도를 지연시켰다든가 화단이 있어 완충작용을 할 수 있는 조건 없이 몸을 던지는 순간 털썩하며 일그러졌다.

  아버지는 엄마가 죽고 얼마 지나지 않아 간호사였던 지수 엄마와 재혼했고 나를 데려가지 않았다. 아무래도 지수 엄마와 내 문제로 갈등이 있는 듯 했다.

  초등학교 3학년 이후에는 돈만 보내고 발길이 뜸해졌다. 어쩌다 오면 딱 한 마디하고 갔는데 곧 함께 살 수 있을 거라는 말이었다. 나는 그런 상황을 원치 않아 '곧'이라는 단어가 신경 쓰였다. 처음에는 한 달이나 두 달로 생각했는데, 일 년이 지나고 이

년이 지나도 변한 것은 없었다.

  그가 거짓말한 것이 아니라 내가 '곧'이라는 단어를 잘못 해석한 탓이라고 생각했다. 하지만 아무리 '곧'을 확대하여 해석하려 해도, 초등학교를 졸업하고 중학교에 입학할 때까지는 아니라는 것을 인정해야 했다. 원치 않은 삶을 살지 않아 다행이었지만, 그가 내게 거짓말을 했고 나를 버린 것이 분명하다는 생각에 그를 향한 악의가 자라기 시작했다.

"전화번호는 왜 바꿨어요?"

지수가 물었다.

"너 때문에 바꾼 거 아냐."

"알죠. 오빠는 우리를 투명 인간처럼 취급하잖아요. 이런 경우는 오히려 우리를 귀찮게 하지 않는 오빠에게 감사하고 찾지도 말아야 하는데 이게 뭔지 모르겠어요."

"말투를 보니 너는 네 아버지를 닮았구나. 그 은근한 비아냥 말이야."

"오빠도 별반 다르지 않아요. 오빠는 거기다 꼬이기까지 했으니까."

"그래, 반만 내 동생아. 그런데 오늘은 무슨 일이냐?"

"아빠가 힘들 것 같아요. 오래 견디시지 못할 것 같아요. 한번 보고 싶대요. 그게 소원이래요."

"소원도 참, 소박하다."

"그러니 들어드려요."

"너는 참 볼수록 착하구나. 아빠를 위해 이렇게 발품 팔러 다니고."

병원은 잘 되는 모양이었다. 건물을 지어 옮겼다는 말을 들었다. 아마 지수가 나를 찾아온 것도 아버지의 유산과 관련 있어 보였다. 아버지가 지수와 의사인 그녀의 남편에게 병원을 통째로 넘기지 않으려 한다는 말을 들었다. 지수 쪽 처지에서도 통째로 삼킬 수 없다는 판단에서 어느 정도 양보하는 대신 아버지 생전에 종결을 지어 나중에 있을지 모를 법적 분쟁을 차단하고 싶은 모양새다. 아버지보다 제 엄마 성품을 닮아 마음을 나쁘게 쓰는 것으로 보이지는 않는다.

"여기 제 명함 있어요. 그리고 오빠 전화번호 불러봐요."

대학원에 입학하고 얼마 지나지 않아 외할머니가 돌아가셨다. 왕래가 별로 없던 외삼촌들은 기다렸다는 듯이 외할머니 아파트를 팔아치워 나는 다른 거처를 마련해야 했다. 아버지에게서 문자가 왔다. 지금까지 외할머니 통장으로 학비와 생활비를 보냈는데 막혀 있으므로 내 통장계좌번호가 필요하다는 내용이었다.

나는 전화번호를 바꾸었다. 그를 증오해서 그랬는지, 악의가 자존심을 자극해서 그랬는지 알 수 없었다. 분명한 것은 그를 아프게 하고 싶었다. 그가 아파할지는 몰라도 생사조차 알 수 없도록 하고 싶었다.

대신 나는 체계적인 철학 공부를 포기해야 했다. 글을 쓰기로 마음먹고 찾아낸 직업이 모텔 야간 파수꾼이었다. 자정이 넘으면 조용히 글을 쓸 수 있고 낮에도 비교적 자유롭게 시간을 활용할 수 있을 듯 했다. 하지만 지난 5년간 정작 목표했던 글은 한 줄도 쓰지 못했고 심연에 올리는 잡글이나 쓰고 있다.

그런데도 이곳을 떠나지 못하는 이유는 고립되기 좋은 환경 때문이다. 밤을 새우고 퇴근하여 옥상 숙소로 올라가 잠을 자고 오후에 약간의 시간을 보내다 다시 출근하여 밤을 새우는 것의 반복이다. 내가 알아야 할 사람은 모텔과 목욕탕 직원들뿐이다.

뜻밖의 수확도 있다. 제대로 된 잠을 자지 못하다 보니 온종일 비몽사몽 한 상태로 보내게 되었고 그러다 보니 삶 전체가 비몽사몽 한 상태가 되었다. 이렇게 사는 것이 철학박사보다 더 철학적으로 사는 것 같아 좋았다.

"혹시 오빠가 우리 엄마 때문에 그런지 모르겠는데요. 우리 엄마 마음도 그리 편치 않았대요. 그때는 그럴 수밖에 없었다는 말을 수없이 했어요. 엄마는 스물다섯 처녀였고 아빠는 마흔이 넘은 데다 아이까지 딸려있었으니 말이죠."

"네 아버지는 원래 영계 킬러였어."

"말하는 거 봐. 병원에서 한 삼 개월 사신다니까 생각해 보세요. 오빠한테 꼭 하고 싶은 이야기가 있나 봐요."

지수와 헤어지고 오랜만에 커피숍 갈매기로 향했다. 골목길 입구에 재개발 동의서에 서명하자는 현수막이 붙어 있었다. 좀 더 들어가자 그 옆으로 조합이 결성되었다는 내용을 알리는 포스터와 재개발을 반대하는 포스터가 나란히 붙어 있었다.

골목 안쪽은 다른 날과 별반 달라진 것은 없었다. 인적이 드물었고 깨끗이 청소되어 있었으며 고요했다. 녹색 철문이 열리고 뻐꾸기시계가 울리듯 할머니가 나와 좌우를 살펴보더니 들어갔다.

"오늘은 카푸치노로 주세요."

갈매기에 오기 시작한 넉 달 동안 줄 곳 아메리카노만 시키다가 처음으로 메뉴를 바꿨다. 그녀에게 건넨 말도 '아메리카노 한 잔 주세요.'뿐이었는데 처음으로 다른 말을 한 셈이다. 그녀는 다른 날과 다르지 않게 말없이 커피를 내주고 자기 공간으로 들어가 앉았다.

커피 향과 침묵 그리고 확인할 수는 없지만, 서로가 읽고 쓰는 문자와 문장들이 그녀와 나 사이를 흘러 다녔다. 삼십 분 정도 지나 40대 중반으로 보이는 여자 세 명을 시작으로 30대로 보이는 여자 한 명과 20대 후반으로 보이는 남녀 한 쌍의 손님이 한꺼번에 몰려와 커피숍은 분주해졌다. 이곳에 온 뒤로 처음 보는 광경이었다.

"여기를 사용해도 되나요?"

남녀 한 쌍의 손님 중 남자가 사장이 작업하던 별도의 공간을 보며 물었다.

"아뇨, 죄송해요. 제가 작업하던 중이라."

그녀는 역시 기대를 저버리지 않았다. 커피 한잔 파는 것보다 글을 더 소중히 여기는 태도에 경의를 표할 만하다는 유치한 생각을 하며 커피숍을 나왔다.

11

 손님들이 남기고 간 흔적마저 사라지자 정적이 흘렀다. 복도 끝 붉은 조명이 고장 났는지 깜박거린다. 몇 호실에서 새어 나오는지 확실치 않은 여자의 신음이 깜박거리다 사라지고, 그 사라진 신음 사이로 조명이 다시 깜박였다.
 '마음 밖에 사물이 존재하지 않는다.'라고 주장하는 사람들이 있다. 보고 있는 모든 것은 관념일 뿐이라는 생각에서 출발한 주장이다. 그렇다면 내가 보고 있는 깜박이는 조명도 내 마음속에 있다고 봐야 한다.
 왜 하필 조명이 그것도 깜박이는 조명이 내 마음속에 웅크리고 있는지 모르겠다. 생각이 그 지점에 이르자 조명이 깜박이는지 내 마음이 깜박이는지 알 수 없었다.
 여자의 신음이 다시 깜박였다. 사물이 없다면 소리도 없을 것이다. 그렇다면 소리 또한 사물이 있는 내 마음속에서 일으킨다고 봐야 한다. 왜 하필 여자의 신음이 그것도 깜박이는 여자의 신음이 내 마음속에 웅크리고 있는지 모르겠다. 생각이 그 지점에 이르자 여자가 깜박이는 신음을 내는지 내 마음이 깜박이는 신음을 내는지 알 수가 없었다.

마음밖에 사물이 없다면 지원도 내 마음 안에만 존재하는 것으로, 그녀가 그 짓을 한 것은 그녀가 그 짓을 한 것이 아니라 내 마음이 그 짓을 한 것이다. 내 마음이 그 짓을 해놓고 마음 쓰고 있다는 생각을 하니 헛웃음이 나왔다.

계단을 내려갔다. 멀리 도시를 막고 있는 산등성이로 새벽이 넘어오고 있었다. 밤새 술꾼들이 헤쳐 놓은 골목 중앙 분수대 옆 벤치에 오토바이를 세워놓은 청소년 몇 명이 담배를 피우며 떠들고 있었다. 그 앞쪽 먹자골목을 상징하는 조형물에 십 대로 보이는 남녀가 부둥켜안고 꿈틀거렸다.

언제나 이곳의 새벽은 하루가 끝나는 저주에 갇힌 느낌이다. 나도 마찬가지다. 매일 이곳의 새벽에서 하루를 끝냈다. 한때 이 저주를 풀어준 것은 지원이다.

그녀를 만나기 전에는 아침에 일과를 마치고 올라가 무조건 잠을 잤지만, 그녀를 만난 후에는 그녀에게 달려가 그녀가 학원에 출근할 때까지 함께 있었으므로 하루의 끝이 아니라 시작인 셈이다.

좀 더 앞으로 나가 골목으로 차량이 진입하지 못하도록 설치한 콘크리트 구조물에 걸터앉아 심연에 접속했다. 회원들의 글쓰기와 소통에 관하여 '그림자'가 게시한 글을 읽어보았다.

인간의 가장 위대한 업적 중 하나는 '모든 것은 원자로 이루어져 있다.'는 것을 발견한 일이라 합니다. 어떤 물리학자는 인류가 멸망하는 순간에 아이들 몇 명만 살아남을 수 있고, 그 아이들에게 단 한 문장만 남길 수 있다면 주저 없이 '모든 것은 원자로 이루어져 있다(All things are made of Atoms)'라는 문장이라고까지 말하고 있습니다.

그렇다면 당연히 저라는 존재도 원자로 구성되어 있겠죠? 저뿐 아니라 여러분 모두, 지금 사용하고 있는 노트북, 책상, 오늘 먹은 음식, 지구, 별 모두 원자로 뭉쳐진 물질이라는 이야기입니다.

그러므로 제가 누군가와 멱살잡이한다면 그건 원자끼리 엉키는 것이고, 죽을 둥 살 둥 뛰어간다면 원자가 굴러가는 것이고, 누군가와 사랑을 나눈다면 그건 원자들끼리 비비는 것에 불과합니다.

이렇게 적어놓고 보니 너무 비관적으로 읽힙니다. 우리가 정말 원자 덩어리 외에 아무것도 아닌 존재일까요? 그렇지는 않은 듯합니다. 여기에 중요한 사실이 하나 있는데 인간이라는 원자 덩어리는 사유라는 것을 할 수 있습니다.

무슨 조화인지 모르지만, 이 사유는 아주 작은 것에서부터 우주 전체를 담을 수 있는 요술 주머니와 같습니다. 그리고 이 사유는 상호 소통하고 확장하려는 특성이 있습니다.

왜 이런 말씀을 드리느냐면 바로, 우리 심연은 사유하고 소통하는 공간입니다. 여러분이 심연에 접속하는 순간 자연스럽게 우주 전체를 담을 수 있는 누군가와 글이라는 수단으로 소통하면서 확장해 나가게 되는 것입니다.

물론 생각하기에 따라 낯간지럽고 황당무계한 이야기일 수도 있습니다. 심연은 그냥 시간 보내는 놀이터일 수도 있습니다. 그런데 그것도 좋습니다. 우리 심연에서 시간을 보내는 수단 또한 '글'과 '소통'밖에 없으니까요. 최근…….

여기까지 읽고 모텔 데스크로 올라갔다. 그림자는 심연에 대한 자부심이 대단한 것으로 보였다. 일주일에 한두 번씩 글을 올리는데 약간의 재치가 있고 어렵지 않아 잘 읽히는 편이지만 연결고리가 부자연스럽고 애매한 부분이 있었다. 엷은 지식을 포장하는 재주로 버티고 있는 것으로 보였다.

"밖에 좀 나가보세요."

데스크로 올라가자 후문 쪽에서 온 자오밍이 말했다.

"뭐 있어?"

"여기……."

자오밍은 CCTV 화면을 쳐다보며 고개를 갸웃했다.

"안 보이네요. 어떤 여자가 술 취했는지 뭔지는 몰라도 주차장 구석에서 울고 있어요."

"우는 걸 어떡해?"

"주차장 뒷바퀴 걸리는, 그 뭐죠? 아무튼 그 턱에 걸터앉아 울고 있어요. 후진하던 차들이 놀라잖아요. 사고 날 수도 있고."

나는 자오밍에게 데스크를 부탁하고 주차장으로 나갔다. 반바지에 무릎 위까지 내려오는 트렁크 티셔츠를 입은 여자가 주차장 구석에 앉아 고개를 숙이고 있었다.

"여기 계시면 위험해요. 목욕탕 손님들이 몰려올 시간이거든요."

여자가 고개를 들었다. 어깨까지 내려온 파마머리가 쏟아져 얼굴을 가렸지만 20대 후반으로 보였다. 그녀는 나를 힐끗 쳐다보더니 다시 고개를 숙이고 손으로 운동화를 만지작거렸다.

"저기요. 선생님."

조심스럽게 그녀를 불렀다.

"네? 왜요?"

그녀는 양손으로 머리를 쓸어 올리며 말했다. 얼핏 보니 술에 취한 것 같았고, 눈물 흔적이 보였다. 새벽까지 마시고 이곳으로 온 모양이었다.

"여기 근무하세요?"

"그런데요?"

"얼마나 됐어요?"

"그건 왜요?"

"물어보면 안 돼요?"

"여기 계시면 위험합니다."

"저 기억하세요?"

"네?"

"여기 자주 왔어요. 이 년 전에."

그녀의 말소리는 작으면서도 출렁다리를 건너가듯이 일렁거려 집중해서 들어야 했다. 그 목소리에 애잔함이 담겨있었고 눈물

자국 때문인지 매정하게 일어서라고 할 수가 없었고 뭔가 이야기를 들어줘야 할 것 같았다.

"글쎄요. 저는 기억이 나질 않는데요."

그녀는 고개를 숙였다가 다시 들었다.

"남자 친구하고 이곳에 자주 왔거든요. 이 년이 지났네. 그것도 대낮에. 그러다 임신했는데 도망갔어요. 그래서 혹시나 이곳에서 찾을 수 있을까 해서요."

"저는 밤에만 근무해요."

"그렇군요."

"이 년 전에 떠난 남자를 여기서 찾으면 찾을 수 있을 것 같아요?"

"그러니까요. 방법이 없어서……."

"집이나 직장이 어딘지 몰랐어요?"

"집은 모르고 직장은 없었거든요."

"도망간 사람 잊으면 되지 뭘 찾아다니고 그래요."

"안 그러고 싶은데 애가 있으니까. 애를 낳았다는 걸 알게 되면 돌아올지도 모르잖아요. 그 사람은 꼭 익숙한 곳만 다니는 사람이거든요. 식당도 가는 데만 가고. 모텔도 이곳에만 왔단 말이에요 그래서 혹시나 하고."

"남 일 같지 않네요. 그리고 그 사람 나쁜 사람이에요."

"그 사람도 겁나고 돈이 없으니까 떠난 것 같고, 내가 당연히 애를 지웠을 거로 생각하고 살고 있을 거예요. 나는 아저씨가 혹시 나를 기억하면 그 사람도 기억할 거로 기대했는데. 그러면 여기 오는지 내게 말해줄 수 있잖아요. 그죠?"

나는 아무 말 하지 않고 그녀가 일어나주길 기다렸다. 그러고 있자니 내 태도가 어정쩡하고 오히려 그녀의 눈치가 보여 불편했다. 이 여자가 여기에 앉아 있건 말건 내가 일어나라고 할 권리가 없어 보였다. 내가 돌아서자 그녀도 일어나 걸어갔다. 무슨 말이라도 해주고 싶은데 오지랖이라는 생각이 들어 그냥 데스크로 돌아왔다.

퇴근하여 아침을 먹고 침대에 누웠다. 잠들지 못하면 삶 전체가 결딴날 것 같아 필사적으로 잠 속을 헤집고 들어갔지만, 날카로운 신경이 가로막았다. 수면제를 먹을까 하다 참았다. 자위하여 더 피로하게 만들 수도 있는데 커튼 틈을 비집고 들어오는 햇빛이 너무 강렬했다. 멀리서 사이렌 소리가 들렸다. 누군가가 죽는소리라면 잠을 양보하고 즐겁게 들어줄 수 있다. 잠을 위해서 수면제 한 알을 소비하는 것이나, 한 사람의 생명을 소비하는 것이나, 자위하여 정액을 소비하는 것이나 별반 차이가 없다는 생각이 들었다.

잠을 끌어낼 수 있는 음악을 듣기로 했다. 선곡한 곡이 몽환적인 데 비해 정신은 말짱해져만 갔다. 음악이 흐르는 무중력 도시를 떠도는 상상을 했다. 어머니처럼 몸을 던져도 산산조각이 나지 않는 공간이 그리웠다. 주차장에서 본 여자의 앞날이 궁금했다. 신경 쓸 이유가 없다고 생각하며 몰아내려 했지만 되질 않았다. 대학 때 별로 친하지 않은 친구로부터 우연히 한 여자 이야기를 들은 적이 있었다. 나이트클럽에서 술에 취해 낯선 남자와 하룻밤을 보냈는데 임신을 했다고 한다. 겁이 많아 병원에 가지도 못하고 누구와 의논하지도 못한 채 망설이는 사이 6개월이 지나갔다. 부풀어 오르는 배를 가리기 위해 복대로 칭칭 감고 다닌다는 이야기였다.

그 이야기가 평생 내 머릿속을 떠나지 않고 맴돌았다. 그녀의 이름조차 알지 못하고 본 적이 없는데도 그 이후 그녀는 어떻게 되었을까? 복대로 칭칭 감은 배 속의 아기는 제대로 숨을 쉬었을까? 태어난 후 그것이 성격에 영향을 미쳤을까 하는 것들이었다.

그와 마찬가지로 주차장에서 본 여자의 이야기도 내 머릿속에서 집착적으로 맴돌지도 모른다. 아이와 함께 힘겹게 살아가는 것은 아닐까? 아이 아빠를 찾으러 다시 이곳에 올까? 괜찮은 남자를 만나 행복하게 살까? 아빠가 없는 그 아이는 어떤 아이로 클까? 하는 것들이다. 또한, 그 아이가 아들인지 딸인지 묻지 않아 평생 궁금해할지도, 혹시 모르니 낮에 한 번 방문하여 양아치에게 물어보라고 할걸, 아이 잘 키우라는 말이라도 해줄 걸 하는 후회감에 젖어 살지도 모른다.

12

 잠은 오후에 다시 도전하기로 하고 밖으로 나왔다. 온통 훤하니 세상은 넓어지고 건물과 거리의 간격은 멀어지고 나는 발가벗겨진 느낌이다. 계단을 내려가는데 내 몸이 압축되어 쪼그라드는 것 같았다. 발가벗겨진 느낌에 쪼그라든 느낌이 더해지자 참혹하기까지 했다.
 주차장 구석에 남탕 때밀이와 이발사가 쭈그리고 앉아 담배를 피우며 휴대폰을 보고 있었다. 손님이 없는 여름에 자주 볼 수 있는 장면이다. 때밀이는 전자담배였고 이발사는 궐련형 담배였다.
 "어이, 종수."
 때밀이가 휴대폰에서 눈을 떼지 않고 물었다. 그의 왼쪽 어깨에는 장미꽃 그림 문신이 오른쪽 어깨에는 하트 문양 문신이 새겨져 있었다. 젊었을 때는 동네 건달로 빈둥거렸고 중년에는 사업하다가 몇 번 망한 뒤 때밀이가 되었다고 한다.
 "그냥. 어디 가요."
 "데이트?"
 나는 싱겁게 웃고 그들 앞을 지나갔다.

"참, 종수야, 나 좀 보자."

이발사가 불렀다.

"왜요?"

"잠깐 와봐……. 여기로 잠깐, 튕기지 말고."

나는 잠시 걸음을 멈췄다가 그들 쪽으로 다가갔다.

"잠 안 자고 어디가?"

그가 무슨 의도로 말하는지 알 수 없지만, 오전 시간에 잠자지 않고 돌아다니면 야간에 모텔 데스크에서 잠이나 퍼질러 잔다는 말을 만들어 낼 수 있었다.

"왜요?"

"너는 왜요 밖에 모르니? 요즘 사장님 모텔에 자주 올라오시지?"

"몰라요. 낮에는 내가 없잖아요."

"야간에는?"

"퇴근하실 때 한 번 정도. 그런데 왜요?"

"병선이 걔는 아직도 그 지랄이지?"

병선은 양아치의 이름이다. 이발소와 때밀이, 음료수 판매원은 목욕탕과 2년 단위로 운영 계약을 하는데 이발소 재계약 날짜가 얼마 남지 않았다. 양아치가 영향력을 발휘할 수는 없지만, 고춧가루는 뿌릴 수 있어 불안한 눈치였다.

"뭐가요?"

"알잖아. 무슨 뜻인지. 좆도 아닌 게."

"몰라요. 나는."

"네가 마음고생이 많다는 거 알아."

"나는 아무렇지도 않아요. 말 만들어내지 마세요."

"그 씹새가 이제는 목욕탕까지 와서 질퍽거려. 야, 너도 뭔 말 좀 해봐."

이발사는 침묵을 지키는 때밀이를 원망스러운 듯 바라보며 말했다.

"형은 왜 그렇게 신경 쓰지? 그냥 쓸데없이 이빨 털어 보는 거야."

때밀이가 말했다.

"나는 갈게요."

"그 새끼 조심해."

주차장을 지나 도로로 나가는데 선미가 헐레벌떡 뛰어왔다.

"어디 갔다 그렇게 뛰어와?"

"뭐 좀 사러 갔는데 손님이 찾는다네."

그녀는 웃으면서 내 곁을 지나가다 멈춰 섰다.

"오빠."

"어?"

"내일 목욕탕 휴일이잖아. 밥 사줄게."

그녀가 얼굴을 붉히며 말했다. 거절하면 더 붉어질 것 같아 내가 살게 하고 하천으로 향했다. 더위 때문인지 인적은 드물었다. 인도와 자전거도로 중간쯤을 걸었다. 자전거를 탄 무리가 우르르

다가왔으나 비켜주지 않고 그냥 걸었다. 누구는 경적을 울렸고 누구는 일부러 위협하며 지나갔다. 불순한 생각과 함께 살짝 발을 내밀고 싶은 충동을 참았다.

양 갈래 길이 나왔다. 왼쪽은 하류였고, 오른쪽은 상류였다. 왼쪽으로 가다가 벤치에 앉아 하천을 바라보았다. 오리 두 쌍이 한가롭게 물 위를 떠다녔고, 손바닥 크기의 물고기들이 물속에서 유영했다. 오리를 향해 작은 돌을 집어 던졌다. 물결을 일으키지 못해서 그런지 오리는 도망가지 않고 멀뚱멀뚱 쳐다보았다. 다시 돌을 던졌다. 이번에는 오리로부터 먼 쪽에 떨어졌다. 화가 치밀어 조금 큰 돌을 잡았다.

여자 두 명이 옆 벤치에 앉더니 챙 달린 모자를 벗었다. 둘 다 50대 정도로 보였다. 나와 먼 쪽에 앉은 여자는 회색 티셔츠를 입고 있었고 나와 가까운 쪽에 앉은 여자는 노란 티셔츠를 입고 있었다. 나는 잡았던 돌을 내려놓았다. 어머, 오리 봐. 회색 티셔츠가 말했다. 물이 맑네. 노란 티셔츠가 말했다. 둘은 어떻게 하면 성경 공부를 제대로 할 수 있을지 이야기하기 시작했다. 노란 티셔츠가 소그룹에 참여해보면 어떻겠냐고 제안하자, 회색 티셔츠가 특정인을 지칭하며 진상 같아 참여하지 않겠다고 말했다. 회색 티셔츠가 친정어머니를 요양병원에 보내야겠다는 말을 하며 울먹였다. 기도해. 기도하면 다 좋아질 거야. 노란 티셔츠가 말했다.

오리 한 쌍이 반대편 둑 쪽으로 미끄러져 갔다. 다른 한 쌍은 하천 중앙에서 계속 두리번거렸다. 나와 여자들 그리고 오리가 불균형한 삼각 구도를 만들었다. 나와 여자들을 연결하는 선은 팽팽하게 긴장되어 있고, 오리와 나, 오리와 여자들을 연결하는 선은 느슨하게 기울어져 있었다. 물고기 한 마리가 삼각 구도 중간을 가르며 내 쪽으로 다가왔다. 삼각 구도에서 소외되어서 그런지 눈이 슬퍼 보였다.

생각해 보니 어제도 그제도 한두 시간밖에 잠들지 못했다. 어떤 극단에 몰린 것 같이 두려웠다. 팔짱을 낀 채 몸을 웅크렸다. 목덜미에서 맴돌던 잠이 짜낸 것처럼 빠져나갔다. 눈을 감고 얼굴을 하늘에 대보았다. 눈까풀 안에서 붉은 물결이 불안하게 일렁거렸다.

모텔에서 빠져나온 벌거벗은 60쌍이 물 위로 달려갔다. 젊고 늙은 쌍쌍 중에는 흑인도 있었다. 그들과 오리, 물고기가 모두 벗은 채라 이질감은 없었다. 60쌍은 오리, 물고기들과 뒤섞여 물속을 헤집거나 교미를 했다. 인간과 인간, 물고기와 물고기, 오리와 오리, 인간과 물고기, 인간과 오리, 오리와 물고기 간의 난교였다. 괜찮다. 눈치 볼 것 없다. 파수를 서줄 테니 눈치 보지 말고 즐겨라.

여자들은 죽을 때까지 성경 말씀을 깨닫지 못하고 하나님의 곁으로 갈까 두렵다는 이야기를 하고 있었다. 지난 주일에 목사님 말씀이 너무 좋아 일주일 내내 행복했다는 말도 했다. 한 여자가 성경 구절을 인용하였는데 무슨 말인지 알아듣지 못했다. 알아듣지 못한 이유가 여자들이 갑자기 목소리를 작게 하거나 내가 귀를 기울이지 않아서가 아니라 60쌍이 물속에서 첨벙거렸기 때문이었다.

하나님 뜻대로 될 거야. 둘 중 하나가 말했다. 그분이 결정하신 대로 될 거야. 둘 중 하나가 말했다. 목사님께서 하나님은 이 거대한 프로그램의 설계자이자 제작자라고 하셨잖아. 둘 중 하나가 말했다. 맞아 하나님은 이미 결정하셨을 거야. 둘 중 하나가 말했다. 그러니까 어머님도 하나님의 뜻대로 되실 거야. 둘 중 하나가 말했다.

몸을 일으켜 던지려던 돌을 발로 찼다. 엄지발가락 안쪽 뼈에 닿으면서 통증이 왔다. 발가락 서너 개가 잘리는 통증을 느낀다면 심장에 얹혀 있는 지원이 내려갈 수 있을지도 모른다는 생각이 들었다.

이번에는 주먹만 한 돌을 잡아 하천 뒤쪽 둑에 설치된 배수구를 겨냥해 던졌다. 그러나 돌은 포물선을 그리며 날아가다 둑 앞 풀 속으로 떨어졌다. 내가 잘못 던진 탓이다. 내가 정확하게 배수구를 향해 던진 돌이 스스로 방향을 바꿔 풀 속으로 떨어질 확률은 우주가 무질서한 상자로 다시 태어나지 않는 한 불가능하다.

마찬가지로 이미 출발한 하천물도 어디로 갈지 결정되어 있고, 이미 불기 시작한 바람도 어디로 갈지 결정되어 있고, 이미 움직이기 시작한 오리도 어디로 갈지 결정되어 있다. 그렇다면 지금 여기로 흘러온 하천물도 그 어느 곳에서 이곳으로 흘러오도록 결정되어 있었고, 여기로 불어온 바람도 그 어느 곳에서 이곳으로 불어오도록 결정되어 있었다는 뜻이다.

마찬가지로 오리의 과거를 추적해 보면 오리가 아닐 수 있는 또는 오리가 지금 이곳이 아닌 다른 곳에 있을 수 있는 경우의 수는 존재하지 않는다. 여자들의 과거를 추적해 보면 그녀들이 아닐 수 있는 또는 그녀들이 지금 이곳이 아닌 다른 곳에 있을 수 있는 경우의 수는 존재하지 않는다. 내 과거를 추적해 보면 내가 아닐 수 있는 또는 내가 지금 이곳이 아닌 다른 곳에 있을 수 있는 경우의 수는 존재하지 않는다.

내가 행동하도록 하는 뇌세포의 작용은 직전의 작용에서 촉발된 것이고 그 직전의 작용은 그 직전의 작용에서 촉발된 것이다. 그러니까 좀 전에 내가 돌을 발로 찼던 행동은 직전의 작용에서 촉발된 것이고, 그 직전의 작용은 그 직전의 작용에서 촉발된 것이다.

좀 더 추적해 가보면 그보다 앞서 내가 잠들지 못하여 집을 나올 때, 그보다 앞서 지원이 플라스틱 빨대와 섹스했다는 말을 들었을 때, 그보다 앞서 내가 어머니 자궁에서 떨어질 때, 그보다 앞서 어머니와 아버지의 오랜 조상이 물고기한테서 진화할 때, 그보다 앞서 어둠을 뚫고 우주가 태어나면서 촉발된 것이다. 이런 수많은 직전의 촉발들이 현재를 결정한 것으로 내가 다른 존재이거나 이곳이 아닌 다른 곳에 앉아 있을 수가 없다.

그러므로 내가 지금 여자들을 죽인다면, 플라스틱 빨대와 지원을 죽인다면 내 자유의지가 결정하는 것이 아니라 이미 결정된 행위가 진행되는 것이다. 다시 말하여 내가 여자들을 죽이는 행위는, 플라스틱 빨대와 지원을 죽이는 행위는 어둠을 뚫고 태어난 우주나 신의 잘못이 될지언정 내 잘못은 아니다. 마찬가지로 지원이 플라스틱 빨대와 섹스한 행위도 결정된 행위가 이루어졌을 뿐이다.

  아니다. 그렇지 않다. 궤변이다. 인간의 모든 행위는 자유의지가 결정한다. 여자들이 걷다가 벤치에 앉은 것은 그녀들의 자유의지가 결정한 것이고, 내가 여자들을 죽인다면, 지원과 플라스틱 빨대를 죽인다면 그건 내 자유의지가 결정하는 것이다. 내가 대학원을 그만둔 것도 모텔에서 야간 근무를 하는 것도 내 자유의지가 결정한 것이다. 마찬가지로 지원이 플라스틱 빨대에게 다리를 벌린 것은 순전히 그녀의 자유의지가 결정한 것이다.

  그런데, 그녀의 자유의지는 어디서부터 시작된 것일까? 아무 원인 없이 그녀 속에서 스스로 생성된 것일까? 그럴 수는 없을 것 같았다. 무(無)에서 유(有)가 생성된다는 것은 정말로 궤변으로밖에 들리지 않는다. 적어도 직전의 자유로운 의지로부터 영향을 받았을 것이다. 그리고 그 직전의 자유의지는 그 직전의 자유의지로부터 영향을 받았을 것이다. 그런 식으로 어떤 영향을 받아 생성된 것을 자유의지라고 할 수 있을까?

  해답을 얻을 수 없었다. 허망하다는 생각까지 들었지만, 마음은 편해졌다. 마음이 편한 만큼 의미도 없다고 생각하며 벤치에서 일어났다. 여자들도, 오리도, 물고기도, 발가벗은 60쌍도 눈치 채지 못했다. 우측은 하천이고 좌측은 큰 도로였다. 큰 도로에 자동차들이 밀려 있고, 아래쪽 하천 도로에는 자전거가 천천히 달렸고, 사람들 발걸음도 느렸다. 세상이 이렇게 흐느적거렸나 하는 생각에 기분이 좋아졌다.

도시 쪽으로 걸었다. 여자들을 죽여도 내 죄가 아니라는 생각이 머릿속에 집요하게 남아 있었다. 오리와 물고기들은 나를 기억하지 못할 것이고, 그녀들은 곧 집으로 돌아갈 것이고, 내가 던진 돌은 찾지 못할 것이다. 시간이 지난 뒤 그들이 없는 벤치에 나 혼자 앉았을 때도 세상은 변화하지 않고 그대로일 것이라는 생각에 마음이 무거웠다.

13

 더듬이가 잘린 곤충처럼 혼미했다. 밤새 으슬으슬 춥고 열이 나면서 끊임없이 가라앉았다. 오래전에 사다 놓은 몸살 약을 먹었더니 졸음까지 몰려왔다. 의자에 앉아 밤새 졸아서 옆구리와 목덜미에 통증이 왔다.

 퇴근하여 다시 약을 먹고 2시까지 잤다. 라면을 끓여 먹고 다시 약을 먹었다. 몽롱한 상태를 유지하기 위해 세수도 하지 않고 옥상으로 나갔다.

 "그러니까 후유증은 어떡할 겁니까?"

 계단을 내려가는데 양아치의 목소리가 들렸다. 얼마 전 주차장에서 여자 손님이 후진하다 지나가던 양아치를 살짝 건드린 모양이었다. 치료받을 필요도 없는 가벼운 접촉이었다. 병원에서 진단서를 끊어왔는데 멀쩡한 사람도 끊어주는 2주 진단이었다.

 여자 손님은 난감하게 되었다. 일억이 넘는 외제 승용차에 남자를 직접 태우고 모텔에 찾아온 여자의 사정을 자세히 알 수는 없으나 보험으로 처리하기 곤란한 경우가 많다.

 양아치는 그걸 약점 삼아 치료비와 합의금을 요구하는 중이었다. 처음이 아니어서 고의적인 사고로 의심되었다. 지난번에는 50대 남자였는데 그때도 고급 외제 승용차였고 단골이 아니라 처음 온 손님이었다.

"어디가?"

양아치는 계단에서 내려오는 나를 보고 비굴하게 웃었다. 내가 통화 내용을 들었을 것으로 생각하여 뜨끔한 모양이었다.

"아무 데도 안 가요."

나는 일부러 양아치의 휴대폰을 한번 바라보고 비웃듯 웃으며 1층으로 내려갔다. 선글라스 할머니가 주차장 큰 기둥 뒤에 숨어서 목욕탕 쪽을 바라보고 있었다. 80세가 넘은 그녀의 남편은 젊어서 외도를 많이 했다고 한다. 싸워도 보고 짐을 싸 친정으로 가기도 하였지만, 소용이 없었다. 살림만 해온 그녀는 이혼할 용기도 혼자 아이들을 키울 자신도 없었다.

아이들이 클 때까지만 참겠다는 생각으로 버텼으나 정신은 황폐해져 갔다. 나이가 들고 남편의 외도가 잠잠해지면서 그녀의 생활도 안정되어 갔다. 하지만 불행히도 그녀는 알츠하이머병 진단을 받았고 젊었을 때의 기억과 현실이 혼동되어 의부증에 시달리게 되었다. 지금도 목욕탕에 들어간 남편을 감시하는 중이다.

주차장 밖으로 가던 발을 돌려 지하 보일러실로 내려갔다. 압력이 강한 열기가 일 년 내내 식지 않는, 섹스공장에 열을 가하는 심장이다. 백열전등도 흐릿하고 음침하다. 이곳에서 목욕탕과 모텔로 물을 올려보내기도 하고 목욕탕과 모텔에서 사용한 물이 내려오기도 한다. 거기에 섞인 땀과 비누, 정액이 화학반응을 일으켜 미혹시키는지 5분만 지나면 몽롱하고, 들이마신 공기는 피가 닿는 구석구석을 데운다.

"아! 깜짝이야! 씨, 누군가 했네."

알몸에 팬티 하나만 걸치고 간이침대에 누워있던 보일러공이 화들짝 놀라 일어났다. 나는 사각기둥 앞에 푹 꺼진 일인용 소파에 앉았다. 기름 묻은 먼지 냄새가 풀썩 올라왔다. 세상에서 유일한 휴식 공간처럼 편안했다.

"야, 근데."

보일러공이 말했다. 자동감지기로 작동되는 보일러가 다시 가동되면서 소음과 함께 진동이 느껴졌다. 세계는 끊임없이 변화한다는 사실을 인식시키려는지 소음과 진동, 온도의 변화가 물결처럼 밖으로 새어 나갔다.

"요즘 떡 치는 인간들이 줄긴 줄었나 봐?"

"왜요?"

"물 쓰는 것이 좆나게 줄었어."

"더우면 손님이 없어요."

"종수 밥 먹었어?"

안쪽에서 보일러공 아내가 나왔다.

"어! 누나가 웬일이에요?"

"그냥 와 봤어. 어디 안 좋아?"

"몸살기가 있네요."

"여름에 웬 몸살?"

"그러게요."

"챙겨주는 사람이 없어서 그래. 그래서 하는 말인데 선미 어때?"

"무슨 말?"

"몰라? 선미가 너 좋아하는 거?"

"누나는 참, 쓸데없는 소리……. 그냥 오빠라며 따르니까 동생처럼 생각하는 거예요."

"사람이 사람을 말할 때 눈빛을 보면 알 수 있거든. 딱 선미가 그래. 걔가 네 말을 할 때 눈에서 반짝반짝 빛이 나와."

"오빠 동생이라니까요."

"원래 오빠 동생 하다가 응응하는 거야."

보일러공이 끼어들었다.

"여기 생생한 증거품이 있잖아. 그래서 망했지만."

"지랄한다."

"봐라. 이거."

"시끄러워. 선미 착하고 생활력 강하잖아. 조금 통통해서 그렇지 예쁜 편이고."

"아주 좋아하는 동생이에요. 그리고 나 독신주의자야. 혼자 산다고."

"야, 부정 타는 소리 하지 말고 여기에 표시해 봐."

보일러공이 로또 용지를 내밀었다. 나는 대충 여섯 개씩 번호를 표시한 뒤 넘겨주었다.

"갔다 올게."

그는 옷을 입고 나갔다. 멈췄던 보일러가 도움닫기를 하듯이 다시 울기 시작했다. 기름탱크에 매직으로 쓴 '인생은 한 방, 시작했으니 끝까지 가보자.'라는 글자가 보였다. 한 방이 오길 기원하는 글귀에 힘을 보태고 싶었지만, 한 방은 오든 안 오든 이미 결정되었으므로 힘을 보탤 필요가 없다는 생각이 들었다.

14

 지원이 죽었다. 구덩이를 파고 시체를 끌어다 넣은 다음 흙을 덮었다. 지원이 눈을 뜨고 나를 바라보았다. 왜 죽은 사람이 눈을 뜨고 있을까, 생각하며 흙을 덮었다. 하지만 아무리 덮고 덮어도 도무지 덮어지지 않아 속이 상해 눈물이 났다.

 더 깊은 산속에 묻어야겠다는 생각이 들어 그녀를 일으켜 세웠다. 손을 잡고 산 중턱을 향해 걸었다. 숲을 지나자 흰색 잔디밭이 나왔다. 잔디밭 위에 검은색 양 두 마리가 우리를 물끄러미 바라보았다. 내 손을 꼭 잡은 지원이 어디로 가느냐고 물었다. 나는 지옥에 가는 중이라고 말했다.

 눈을 떠보니 보일러공 아내는 올라갔고 보일러공은 돌아오지 않아 나 혼자였다. 가라앉았던 몸에 다시 열이 나기 시작했다. 내 몸의 온도와 보일러 열기로 뜨거워진 공기 온도가 균형이 맞아서인지 무감각해지면서 몸과 함께 마음은 편안해져 갔다. 이런 상태가 유지되었으면 좋을 것 같았다. 그런 바람 때문인지 보일러공이 돌아와 평화가 깨질까 불안했다. 점점 불안이 평화를 잠식해갔다.

꿈에서라도 지원을 보니 기분이 좋았다. 그녀가 그리운 것이 순수하게 그녀 자체를 그리워하는 마음인지, 단순하게 섹스를 그리워하는 욕구인지 확신할 수 없었다. 만약 섹스를 그리워하는 욕구라면 누구라도 상관없는 섹스 자체를 그리워하는 욕구인지 그녀와의 섹스만을 그리워하는 욕구인지 알 수 없었다.

보일러공이 돌아올까 불안한 마음이 더욱 커졌다. 안에서 문을 걸어 잠그고 싶은 충동이 들었다. 그래 봤자 문을 두드리면 열어 줘야겠지만. 다시 잠들어 그녀의 꿈을 더 꾸고 싶었다. 그녀와 수없이 나눴던 섹스 장면 중 하나였으면 좋겠다. 그것까지는 바라지 않는다. 그냥 얼굴만 비추는 그런 꿈이어도 좋았다.

보일러공은 로또를 사러 명당을 찾아다니기 때문에 한 시간 정도 걸린다. 빨리 잠들어야 한다. 만약 그녀의 꿈을 꾸고 있는데 보일러공이 돌아와 깨우면 보일러공을 죽일지도 몰랐다. 다시 잠들었는데 지원의 꿈을 꾸지 못했다. 다행히 내가 잠들었던 시간은 잠깐이었던 것 같다. 다시 잠들고 꿈꿀 수 있는 시간은 충분하다.

나는 기차 레일 위를 걷고 있었다. 레일이 부식되고 잡풀이 솟아오른 것으로 봐선 오랫동안 기차가 달리지 않은 모양이었다. 터널이 보였다. 사람들이 터널 속으로 들어가 자취를 감췄다. 나는 아무리 걸어도 터널에 다다르지 못했다.

끝이 보이지 않는 긴 기차가 정지했다. 기차는 뚜껑이 없고 긴 판자로만 되어있었다. 나는 무작정 올라탔다. 기차가 막 출발하려고 할 때 지원이 다가와 기차 뒤꽁무니를 잡았다. 그녀는 기차가 출발하자 안 되는데, 하며 자신의 양발을 지렛대처럼 철길 부목에 고정하여 잡아당겼다. 하지만 그녀의 몸은 기차가 앞으로 나가는 힘을 견디지 못하여 허리에서부터 껍질이 벗겨지기 시작했다. 그녀는 어, 어. 하며 당황해했다. 다행히 기차는 멈췄지만, 그녀의 몸 껍질이 허리에서 가슴까지 벗겨져 하얀 갈비뼈가 선명하게 드러나고, 사이사이로 허파와 심장이 보였다. 그녀는 기차를 놓지 않은 채 무척 곤란한 표정을 지었다.

보일러가 멈추면서 정적이 흘렀다. 보일러 물통 뒤쪽으로 공구들이 나란히 걸려 있었다. 마치 미국영화 한 장면에서 본 듯한 모습이었다. 어떤 영화에서 본 장면인지 떠오를 듯하면서 떠오르지 않았다. 그런 장면이 나오는 영화가 한두 편이 아니었는데 한편도 떠오르지 않아 답답했다.

생각은 허공에서 맴돌고 몸은 더 가라앉아 생각과 몸이 분리되는 것 같았다. 말을 탄 나는 서부를 달리고 있었다. 좌측은 돌산이었고 우측은 모래사막이었다. 군데군데 죽은 잡초와 선인장이 보였다. 갑자기 사냥개들이 쫓아와 박차를 가하여 달렸다.

저 멀리 푸른 바다가 보였다. 지원과 나는 바닷가 산속에 지어진 오두막 마루에 걸터앉아 있었다. 방파제 위로 영구차 두 대가 달렸다. 앞에 가는 영구차는 지원이 탄 영구차였고, 뒤에 가는 영구차는 시체를 찾지 못해 영혼만 싣고 가는 내 영구차였다. 사흘 동안 바다를 뒤져 그녀는 찾았으나 나는 찾지 못했다. 상심한 그녀는 바다가 내려다보이는 언덕에 앉았다. 바닷물이 눈앞까지 차오르고 습기 묻은 바람이 몸을 축축하게 만들었다.

  갑자기 바다가 보글보글 끓어오르더니 내 시체를 뱉어냈다. 물고기들이 파먹어 뼈에 살점 몇 개가 듬성듬성 붙어 있는 시체였다. 바다에서 걸어 나온 나는 산속을 향해 뛰기 시작했다. 지원도 따라 뛰었다. 녹색 숲속을 가르는 황톳길이었다. 길 중간에 뒤따라오는 줄 알았던 지원이 앉아 엉엉 울고 있었다. 나는 뛰면서 왜 우느냐고 물었다. 지원은 우는 것이 아니라 웃는 것이라고 말했다. 나도 웃음이 나왔으나 숨이 차올라 웃을 수가 없었다.

15

 '왜 있는 것은 있고 없는 것은 없는가?'의 문제를 고민하는 사람들이 있다. 다르게 표현하면 '무언가가 없지 않고 있는가? 도대체 어떤 것은 있고 어떤 것은 없는 것인가?'의 문제이다. 이 물음이 그들이 연구하는 학문의 기본적인 질문이며, 최초의 질문이라고 한다.
 그렇다면 도대체 나는, 지원은, 내 속에 고통은 왜 없지 않고 있는가? 나는 줄기차게 그녀를 이해하려고 노력했다. 우리 사이는 합의가 있었다. 그리고 그녀는 내가 린다와 그녀 사이에 양다리를 걸친다고 믿었던 모양이다. 그건 그녀의 오해지만 그녀로서는 사실이었다. 그런데도 참견하지 않았고 질투심을 내비치지도 않았다. 그녀는 나와 달리 신념을 실천했고 합의를 지킨 셈이다.
 평소 그녀는 가면을 쓰지 않는다. 생각과 말이 같다. 보이는 만큼이 그녀의 전부다. 적어도 나에게 숨기고 다른 남자를 만나려는 음모를 꾸미지는 않았을 것이란 말이다.
 그녀를 만나 봐야 할 것 같았다. 어떻게 하고자 하는 계획은 없다. 그런 계획을 세울 만큼 내 정신이 온전치 못했고, 그녀 생각이 어떤지도 알 수 없었다.

결심을 하고도 몇 번을 망설이다 전화를 했다. 그녀에게 전화하는 것조차 용기가 필요하다는 사실이 비참했다. 세 번 정도 신호가 갔는데 전화를 받아주었고 만나자는 말에 망설임 없이 약속을 잡아 주었다. 우리는 늘 같은 방식으로 대학주차장에 차를 대 놓고 그녀가 내 차에 올라탔다.

그녀와 함께 어색한 공기가 밀려들어 왔다. 나는 두 손으로 운전대를 잡고 출발했다. 다른 때에는 차에 타자마자 그녀의 손부터 잡았는데 그러지 않았다. 그녀도 그걸 의식했는지 손을 비비다가 깍지를 꼈다가 풀었다.

창문을 내리자 어색한 공기가 흘러나갔지만, 흘러나간 것보다 더 많이 채워져 질식할 것 같았다. 학교를 나와 우회전하면서 그제야 그녀의 얼굴을 봤다.

"나. 예뻐?"

그녀가 입을 열었다. 뜻밖의 말이기도 하였지만, 그녀다운 말이기도 했다.

"그러네."

순간 햇빛이 그녀에게만 비춰 다시 한 번 용서해야겠다는 생각을 했다. 차 안을 메우고 있던 질식할 것 같은 분위기도 어느 정도 해소되었다. 밝아진 얼굴로 자주 가던 커피숍으로 향했다.

"모텔 가자. 섹스도 하고 싶고, 목욕도 하고 싶어."

그녀의 말에 나는 모텔 쪽으로 방향을 틀었다. 도로에서 갑자기 빛이 나기 시작했고 차는 나보다 더 신이나 미끄러지듯 달렸다. 욕실에 물을 가득 받고 그녀가 들어간 뒤 텔레비전을 틀려고 리모컨을 찾았다. 리모컨은 보이지 않고 테이블 위에 그녀의 휴대폰이 보였다. 생각보다 손이 먼저 휴대폰으로 향했다.

우연히 봐두었던 그녀의 휴대폰 잠금 패턴을 입력했지만 열리지 않았다. 바꾼 것이 분명했다. 휴대폰 속에 엄청난 비밀이 숨겨져 있는 것 같아 부숴서라도 풀고 싶었다. 욕실에서 문소리가 났다. 들고 있던 휴대폰을 얼른 제자리에 놓았다.

"목욕 안 해?"

"오늘은 몸이 안 좋네."

"그래, 그럼 좀 쉬어……. 아니다. 나가자. 눈치 보고 그럴 필요 없잖아."

"눈치 봤어?"

"넌 끝까지 찌질하구나. 차라리 화를 내. 위선 떨지 말고. 이게 문제가 되면 우린 헤어져야 해. 더 만나면 서로에게 상처를 줄 뿐이야."

그녀가 가방을 챙기며 말했다.

"원하는 게 그거였어?"

"아니, 나는 그렇지 않아. 나는 아직 네가 좋아. 필요하기도 하고."

"내가 필요해서 만난 거구나?"

"자꾸 그런 식으로 말꼬리 잡고 늘어지지 말고……. 나 같으면 이해했을 거야. 내가 할 수 있는 말은 그것뿐이야."

"내가 잘못한 거네?"

"왜 그렇게 꼬였어? 나가서 좀 걷자. 걸으면서 얘기하자. 넌 열 좀 식혀야 해."

그녀는 하얀 운동화에 청바지, 노란 블라우스를 입고 있었다. 늘 풀어헤치고 다니던 머리도 뒤로 묶어 단정했다. 가방은 오른손에 걸치고 있었고 왼손은 오른손을 잡고 있는지 위에 포개고 있는지 뒤에서는 보이지 않았다. 드러난 귀밑 하얀 목에 검은 점이 보였다. 지금까지 저 점을 보지 못했던 것처럼 그녀에 관해 모르는 것이 많을지도 모른다는 생각을 했다.

어깨에서부터 등을 타고 내려오는 선이 신비롭게 보였고 청바지 속 엉덩이 윤곽이 또렷하여 관능적으로 느껴졌다. 언젠가 그녀 스스로 자기는 섹스에 최적화된 몸매라고 자랑한 적이 있다. 그 말이 틀리지 않는지 그녀는 어떠한 자세로 안고 있어도 내 몸처럼 공간이 남지 않았다.

담배를 피우고 싶었다. 도로 우측으로는 상가가 있었고 좌측으로는 공원이 있었는데 마땅히 담배 피울 수 있는 곳이 없었다.

"저쪽으로 가지."

내가 앞장서서 상가 뒤 빌라 쪽으로 방향을 틀었다. 반지하까지 4층으로 되어있는 빌라 3동이 있었다. 빌라 안쪽으로 쓰레기장이 있고 중간쯤에 건축자재가 쌓여있었다. 그녀와 나는 그 사이에 주저앉았다.

"나도."

내가 담배를 물자 그녀가 손을 내밀었다.

"학원 출근하잖아. 냄새나. 전자담배 피워."

"괜찮아."

막 라이터를 켜려고 할 때 그녀가 눈짓하여 바라보니 반지하 방 창살 안에서 웃통을 벗은 남자가 밖을 내다보고 있었다. 못 본 척하고 일어나 안쪽으로 자리를 옮겼다.

"낮에는 일 나가서 그런지 사람 하나 없네."

오래된 얼음을 깨는 것처럼 내가 말했다.

"그러네."

"그런데 지나갔으니까 하는 말인데 그 플라스틱 빨대는 도대체 언제 만난 거야?"

"플라스틱 빨대?"

"영어 선생."

그녀는 대답하지 않고 두 번째 담배에 불을 붙였다. 나도 두 번째 담배에 불을 붙이며 말을 이어갔다.

"그냥 궁금해서 물어본 거야."

"그 얘기 더 하면 그만 갈 거야. 네 위선과 투정을 봐주는 것도 오늘까지만이다."

짧아진 담배를 쥔 그녀의 손이 허공에서 잠시 머뭇거렸다. 담배를 더 피울까, 그만 피우고 끌지 고민하는 듯했다.

"내가 생각해 봤는데. 우리가 매주 서너 번씩 만났잖아. 그럼 이삼일 간격인데 그사이에 그놈하고 만났다는 거잖아."

허공에서 머뭇거리던 담배가 떨리며 그녀의 입술로 향했다.

"나는 네가 그 사람을 만난 건 뭐라 할 수 없어. 네 말대로 우리는 합의 했으니까. 그런데, 그놈과 하고 그다음 날 나랑 했다면 그건 예의가 아니지……. 내가 거기다 입도 대는데. 찝찝하잖아."

"하루에 세 놈, 네 놈하고도 할 수 있어."

그녀가 담배를 땅에 던지고 벌떡 일어나 걸어갔다. 빌라 끝까지의 거리는 비틀거리는 걸음으로 걸어갈 수 있을까 할 정도로 멀어 보였다. 하지만 생각보다 그녀의 걸음은 빨랐고 이내 빌라 끝에 도달하여 사라졌다.

나는 담배 두 개비를 더 피우고도 한참을 앉아 있다 몸을 일으켰다. 승용차로 가면서 그녀의 모습을 찾아보았지만, 서늘해진 바람뿐이다. 침묵하려는 입술 틈으로 신음이 새어 나오려고 해서 힘을 주어 일그러트렸다.

이제 그녀의 흔적을 지워야 할 시간이다. 어제의 나를 지우면 내일의 나는 투명해진다. 마찬가지로 지원과 함께한 과거를 지우면 지원이 없는 미래는 투명해질 것이다.

사형집행자

1

　심연은 두레박 한번 내려오지 않는 우물처럼 고독해 보였다. 잠을 설친 탓에 더 그렇게 보이는지도 모른다. 환도는 대략 네 시간 정도 자는데 적게는 두 번 많게는 다섯 번 정도 깨어나 심연을 들여다본다. 그러다 보니 피로가 쌓이고 정신은 몽롱하다. 그가 피로하면 심연도 피로하고 그가 몽롱하면 심연도 몽롱하다.

　심연의 바탕이 황토색인 것은 인류의 글과 함께해온 양피지와 죽간을 상징하는 것이다. 가장자리는 최초의 책을 상징하는 점토판으로 되어있고, 중앙에는 책이 가지는 권위와 정보축적, 지식 확장을 상징하는 문양이 새겨져 있다.

　심연의 게시판에는 문학·철학·음악·미술을 각각 분류하여 포스팅할 수 있는 독립된 공간이 있다. 회원이라면 누구라도 자유롭게 포스팅하고 포스팅된 글에 표정을 누르고 댓글을 달 수 있다. 그런 과정의 반복을 통해 지식이 축적되고 축적된 지식과 회원들이 혼합되어 물결처럼 흐르고 바람처럼 요동친다.

　환도는 계단을 타듯 아래로 내려가 오래된 순서대로 포스팅을 읽었다. 첫 번째가 '등불'이 게시한 가스통 바슐라르(Gaston

Bachelard)의 『촛불의 미학』에 관한 글이었다.

 그는 이 책을 촛불이 일으키는 몽상에 관한 이야기로 주로 촛불의 이미지를 예찬하지만, 결국 인간을 말하는 책이라고 소개하면서 촛불 앞에 선 인간은 고독하고 몽상하게 되며 몽상은 사유로 이어지고 사유는 문장을 만든다고 했다.

 다음은 '가시나무'가 포스팅한 물타툴리(Multatuli)의 기이한 소설 『막스 하벨라르(Max Havelaar)』에 관한 글이었다. '그림자'가 제임스 미치너(James A. Michener)의 책을 소개하면서 언급했던 소설이다. 제임스 미치너는 이 책을 읽지 않았더라도 작가는 되었겠지만, 지금과 같은 작가가 되지는 못했을 것이라고 고백했다.

 그리고 영화와 관련된 포스팅 세 개와 그림과 관련된 포스팅 두 개, 음악과 관련된 포스팅 네 개가 올라와 있었다. 대부분 그렇고 그런 평균 이하의 글들이었다. 특히 피에로가 올린 영화 관련한 글은 낯간지러울 정도로 수준이 떨어지는 글이었다. 그래도 그는 모든 글에 좋아요. 표정과 댓글을 달아주었다.

 새로운 글이 올라왔다는 알림이 울렸다. 윤지원이라는 회원이 올린 페르난두 페소아(Fernando Pessoa)의 『불안의 책』에 관한 포스팅이었다. 처음 보는 이름이라 확인해보니 가입한 지 일주일밖에 되지 않은 회원이어서 빠르게 읽었다.

 '문장은 만들어지거나 우연히 떠오르는 것이 아니라 가슴 깊이

에서 건져내는 불안이다.'

제가 페르난두 페소아의 『불안의 책』을 읽으면서 나름대로 내린 정의입니다. 이 책은 수필형식의 자기 고백서입니다. 인물도 주제도 특별한 이야기도 없는 데다 분량이 많아 읽어 내기가 쉽지는 않습니다.

하지만, 제가 정의한 바와 같이 가슴 깊이에서 건져낸 문장들이 곳곳에 숨겨져 있습니다. 그러므로 이 책은 숨은그림찾기 하듯이 좋은 문장을 찾기 위해서 읽어야 합니다. 그렇게 읽다 보면 현실과 허구, 고통과 번민을 넘나들며 느끼는 불안에서 빚어낸 문장들과 마주할 것입니다.

이렇게 시작된 글은 작가의 삶과 문학을 간략하게 서술하고 좋은 문장 몇 개를 소개하는 것으로 끝을 맺었다. 읽기 편하고 나름으로 개인의 생각이 포함된 글이었다. 댓글은 뒤로 미루고 우선 최고예요, 표정만 눌렀다.

2

　현실 세계와 심연의 세계 어디에도 속해 있지 않은 불분명한 시간이 출렁였다. 게시판, 채팅방이 뒤섞이고 불빛들이 교차하며 파도를 타는 것처럼 분위기가 휩쓸려 다녔다.
　환도는 그림 한 장을 집중하여 보고 있었다. 서양미술사를 정리하여 포스팅하는 소나무의 307번째 글이었다. 그는 매번 그림의 구도와 기법은 물론 숨겨진 에피소드까지 재미있게 소개하는 그림해설자다. 이번에 소개하는 그림은 당시로써는 혁신적인 작품으로 후대 화가들을 끊임없이 자극했고, 철학자나 문인들에게도 많은 사랑을 받은 그림이라고 했다.
　'리더님'
　린다가 일대일 채팅으로 그를 불렀다. 그녀는 환도를 보좌하는 공동리더 열 명 중 한 명이다. 40대 초반으로 지방 대학에서 실용음악을 강의한다고 했다. 남편은 서울에서 사업을 하고 하나뿐인 아들은 미국에서 유학 중이라 셋이 따로 산다는 푸념을 자주 늘어놓았다.
　'엊그제 가입한 태풍이라는 남자가 글마다 이상한 댓글을 달고

공개 채팅방에서 이상한 소리 하고 그래요. 내쫓을까요?'

'저도 봤는데요. 좀 꼬여서 그렇지 무지한 사람은 아닌 것 같아요. 이틀 정도만 더 지켜보죠.'

'그리고 요즘 자꾸 이상한 글들이 올라오는데, 규칙에 맞지 않는 글이나 저질 글을 봐주기 시작하면 순식간에 수준이 떨어진다는 것을 명심하셔야 해요.'

'오늘은 나름대로 좋은데요. 새로 가입한 분 글도 괜찮고.'

'그러니까 그런 글들을 보호하려면 쓰레기는 걸러야 한다는 말이에요.'

'네, 알겠어요.'

'리더님.'

린다가 퇴장하고 얼마 지나지 않아 샤론이 일대일 채팅창으로 그를 불렀다. 그녀는 활동하지 않는 유령 회원이지만 심연을 개설할 당시 가입한 초기 회원으로 채팅을 주고받으며 소통한다. 예술이나 인문학에 관심이 없는데 우연히 가입한 모양이었다.

'네?'

'미소가 아파서 병원에 갔다 왔거든요.'

'강아지?'

'네. 그런데요. 중성화 수술을 시켰는데 담요만 보면 뭔가를 느끼는지 이상한 짓을 해요. 왜 그러죠?'

'글쎄요.'

'참, 불공평해. 우리 집에는 수술도 안 했는데 중성이 된 인간

이 있어요.'

그는 대답 대신 화들짝 놀라는 이모티콘을 보냈다. 그녀는 민망한지 인사하고 퇴장했다. 린다와 샤론이 사라지고 댓글 창에 새로 가입한 낯선 회원들이 서성였다. 게시판과 공개채팅창 사이 골목을 따라 아래쪽으로 내려가 잠시 머물렀다. 음악과 시와 그림들이 균형을 이루며 시간을 받치고 있었다.

보라의 영화평이 올라왔다. 댓글은 활발하게 참여하였으나 포스팅을 올린 적이 없는 회원으로 반가웠다. 개봉한 지 몇 년 지난 영화로 죽은 가족들이 집을 떠나지 않고 함께 지낸다는 내용이며 그녀 자신의 이야기였다.

40대 초반인 그녀는 몇 년 전 교통사고로 아이를 잃었는데 아이의 방을 치우지 못한다고 했다. 남편은 그런 그녀를 견디지 못하여 떠났고, 그녀는 식당일로 생계를 유지하며 아이 방에 들어가 아이와 대화를 나누며 하루하루를 견딘다고 했다.

그런 그녀의 사정은 회원 중 환도만 알고 있었다. 그렇다고 그녀와 특별하게 친하거나 자주 소통하는 관계도 아니었다. 어느 날 갑자기 그녀가 일대일 채팅으로 말을 걸어와 그런 자신의 삶을 털어놓았고 그는 위로했다. 그녀는 그가 리더여서 하소연을 했을 터이고 그는 리더로서 하소연을 받아주었다. 그 뒤로 종종 댓글로 대화를 나눴지만, 일대일 채팅으로 대화를 나눈 적은 없다.

댓글이 릴레이처럼 달렸다. 빈집, 유령과 관련된 문학작품, 영화, 노래까지 올라왔다. 흔한 주제가 아닌데도 이토록 많은 예술 작품이 존재한다는 것이 신기했고, 그런 작품들을 용케 찾아오는 회원들의 재주도 높이 평가할 만했다.

그녀에게는 큰 위로가 될 듯싶었다. 글쓰기는 가장 좋은 치유 수단이다. 용기를 내어 글을 쓰고 공개함으로써 세상을 향해 한 걸음 더 내디딘 셈이다. 거기에 더하여 회원들이 달아준 댓글 하나하나를 보고 자신의 존재를 인정받는 듯하면서 자신감을 얻고 더 나아가 아이를 보내줄 수 있을지도 몰랐다.

첫 글인 만큼 고민하며 마음에 와 닿을 수 있는 댓글을 달았다. 드러나지 않게 그녀의 아픔을 위로할 수 있는 문구도 써넣었다. 기분이 좋았다. 시간이 남아 지나간 글 중 잘 쓴 글들을 찾아 다시 읽었다.

심연에서는 글로만 소통한다. 글이 행동이자 대화다. 글이 신분이 되고 모습이 되고 인격이 된다. 환도가 꿈꾸는 심연공동체는 인류의 모든 예술과 인문학 지식을 축적하여 살아 있는 생물처럼 움직이는 정보체계이자 자유가 보장되는 광장을 만드는 것이고, 회원 개인은 그 속에서 예술, 인문학과 하나가 되고 보라처럼 글을 통하여 삶의 용기를 얻는 것이다.

전국 2만여 명의 회원들이 휴대폰이나 컴퓨터로 접속하여 심연으로 들어온다. 원래 명칭은 '예술의 심연'인데 줄여서 '심연'으로 부른다. 개설자인 환도가 리더를 맡고 있으며 밑으로 국가의 국무위원과 같은 열 명의 공동리더가 있다. 이들은 환도를 보좌하여 심연 운영을 돕는다.

리더인 환도는 회원가입을 승인할 수 있고, 강제로 탈퇴시킬 수 있으며, 게시된 글을 삭제할 수 있는 권한이 있다. 국가로 말하자면 입법·사법·행정권을 모두 가지고 있는 셈이다. 그러니까 리더는 국가 지도자이며, 공동리더는 국가 지도자를 보좌하는 내각이고, 회원은 시민이다.

　그러나 환도는 리더로 통치하거나 군림하지 않는다. 회원들을 지배하는 것은 인문학과 예술이다. 끊임없이 생산되는 인문학과 예술 행위에서 사유가 유출되고 유출된 사유는 회원들 의식에 스며들어 삶으로 이어진다.

　이렇게 만들어진 공동체는 다른 세계와 연결되지 않은 독립된 세계, 결정되지 않은 자유로운 세계여야 한다. 역사나 관습, 과거의 어떤 작용들이 현재를 결정하는 것이 아니라 오로지 게시되는 글이 현재를 생성할 뿐이다.

3

모처럼 바이런의 글이 올라왔다. 과학자인 그는 규칙적으로 글을 쓰는데 몇 주 뜸해서 궁금하던 차였다. 어려운 물리학을 쉽게 쓰는 재능이 있어 나름대로 인기가 있었다.

달빛의 글도 올라와 있었다. 그녀는 주로 한국문학을 소개하는데 자신의 생활과 연결하여 글을 쓴다. 엄마를 주제로 다룬 책을 소개하는 글을 쓸 때 도입부에 그녀의 엄마나 친구 엄마, 또는 엄마를 상징하는 다른 이야기를 끌어들여 글을 맛깔나게 했다.

새로운 메시지 12통이 도착해 있었다. 빨간색 채팅 알림 속에 적힌 12라는 숫자가 심연보다 더 애타게 환도를 기다렸다. 마음을 담아 보내는 애정의 소리, 불만을 제기하는 민원, 심연의 운영에 관한 질문과 하소연이다.

리더인 환도만 볼 수 있는 통계로 작성된 회원들의 활동지수를 확인했다. 현재 접속회원이 3,201명이었다. 오늘 가입한 신규 회원이 18명이었고, 포스팅 게시글 9개, 댓글이 604개였다. 자정쯤이 되면 이 숫자는 훨씬 늘어날 것이다.

오전 11시부터 오후 2시까지 가장 고요한 시간이다. 포스팅이 없고 간간이 댓글만 달렸다. 잠시 심연을 빠져나와 인터넷 이곳 저곳을 뒤져보았다. 전쟁을 재연한 사이트로 들어갔다.

군사들이 공포를 잊기 위해 나팔을 불며 함성을 질렀다. 말과 코끼리들이 우왕좌왕하고, 방패와 방패가 부딪치고, 보병들이 기병들을 말에서 끌어 내리기 위해 잡아당기고, 칼조차 휘두를 수 없을 정도로 밀집된 병사들이 압사하여 죽었다.

구경에 몰두하다 정신이 팔린 사이 산등성이에 고립되었다. 증원된 군사들이 환도가 있는 쪽으로 밀려들었다. 겁먹은 그는 생각할 것도 없이 날아가는 무엇인가에 올라탔다. 그를 태운 물체는 선회비행을 하며 길을 찾더니 갑자기 속도를 냈다.

언덕 아래에서는 치열한 공방전이 벌어졌고, 화살이 비처럼 쏟아져 내렸다. '누구야? 내 등에 탄 놈은?' 날아가는 그가 말했다. '미안해요. 나를 여기서 빼내 주면 사례하겠어요.' '사례는 필요 없소.' 그는 날렵하게 내달렸다.

생명의 은인이 누군지 알 수는 있을까요? 나는 벌이요. 나는 벌의 특이한 시각정보와 신호 시스템을 분석하여 새로운 무기체계를 만드는 정보이니 당신은 무사할 것이오. 말이 끝나는 것과 동시에 위험지역에서 벗어나 있었다.

'리더님.'

일대일 채팅으로 박철수가 불렀다. 그는 중견기업 임원이라고 했다. 영화와 책을 좋아하지만, 골프와 등산도 좋아하는 에너지

넘치는 사람이다.

'말씀하세요.'

'로또 번호 여섯 자만 찍어주세요. 매주 사는데 5천 원짜리도 안 되네요. 리더님 기 한번 받읍시다.'

'로또도 사시는군요.'

'그럼요. 나도 국민이고 서민인데.'

환도는 숫자 여섯 자를 찍어주었다.

'즐거운 하루 보내세요. 1등 되면 크게 쏘겠습니다.'

'리더님.'

이번에는 나타샤가 불렀다. 포스팅을 올린 적은 없으나 모든 글에 댓글을 정성 들여 달아주는 원년 회원이었다.

'네.'

'어디 다녀오셨어요?'

'아뇨.'

'몇 시간 안 보이시길래.'

다섯 시간 정도 심연을 접속하지 않았는데, 극성맞은 그녀가 관심 있게 살피고 있는 모양이었다.

'볼일이 있어서 잠깐 나갔다 왔어요.'

소규모 단체방이 만들어져 있어 들어가 보니 토마스가 주체하는 글쓰기 토론이 진행되고 있었다. 등불을 비롯하여 열다섯 명이 참석 중이었다. 환도가 입장하자 인사하느라 토론이 잠시 중단되었다.

'리더님'

미정으로부터 메시지가 왔다. 심연 개설 초기에 자주 대화를 했었는데 최근에 대화한 적이 없었다.

'오랜만이네요.'

'그렇죠. 바쁘다 보니 잘 못 들어왔어요.'

'일하신다고 하셨죠?'

'맞아요. 회사 다니는 데 요즘 새로운 제품이 나와 정신이 없네요.'

'중요한 자리에 계신 느낌인데요?'

'그 정도는 아닌데 책임이 따르는 자리는 맞아요. 어떤 때는 스트레스 때문에 죽어가요. 우리 세대가 다 그렇지만 위로부터 눌리고 아래로부터 무시당하고. 하루에도 몇 번씩 입속에서 맴도는 잔소리를 삼키네요. 그러다 보면 속이 쓰려요.

'미정님처럼 일할 수 있다는 것만으로도 감사하고 행복하죠.'

'리더님.'

'네. 말씀하세요.'

'제가 연초에 좋은 사람 만나고 있다고 말씀드렸죠?'

'그랬던가요? 저는 회원님들 사생활에 관해 들어도 일부러 기억하지 않는 편이라.'

'알죠. 리더님이 그런 분이라는 것. 그걸 알기에 말씀드리기가 편해요.'

'그분과 무슨 일 있어요?'

'말하기가 그런데 의논할 곳도 없고…….'

'말씀하시고 싶은 것만 말씀하세요.'

'3년을 넘게 사귀었어요. 깊이 사귀었어요. 그러다가 안 되겠다 싶어 헤어지자고 했는데 이 남자가 집착해요. 하루에 몇 번씩 전화하고, 회사 앞에 찾아오고. 그것까지 좋아요. 어제는 신랑 퇴근할 시간이 되어 아파트 주차장을 내려다보는데 그 사람 차가 있는 거예요. 너무 놀라 기절하는 줄 알았어요. 잠시 후 남편이 그 사람 차 앞을 지나쳐 아파트로 올라오더라고요. 너무 두렵고…….'

'몇 시까지 있던가요?'

'열 시 넘어서까지 있었는데 열한 시에 보니까 없더라고요.'

'집 앞에서 전화하거나 문자를 하던가요?'

'아뇨. 그냥 있기만 해요. 쳐다보기만 하는 것 같아요.'

'어떻게 판단해야 할지 모르겠는데, 일단 그 남자가 스스로 열을 식히도록 해야 해요. 사람에 따라 다른데 무관심하게 대응하는 것도 하나의 방법일 것 같아요. 회사 앞이나 아파트 앞에 온 것 못 본 척하고, 문자 오는 거 읽음 표시 뜨지 않게 궁금하더라도 절대로 읽으면 안 돼요.'

'그러면 쳐들어올까 봐 두려워요.'

'그럴 사람인가요?'

'절대 그럴 사람이 아니라고 생각했는데 이제는 확신을 못 하겠어요.'

'그 사람도 결혼했나요?'

'네. 가정적인 사람이에요.'

'그럼 그럴 확률은 적어 보이네요. 아무튼, 제풀에 떨어지게 만들어야 해요.'

그녀가 퇴장하고 좀 걷고 싶었다. 개천 길로 가려다 포기하고 학교 운동장으로 들어갔다. 아이들이 보이지 않아 휴대폰을 확인해보니 토요일이었다. 구석 쪽 나무 밑에 벤치가 있어 앉았다.

운동장 모래들이 햇볕에 튀어 오르는 것 같았다. 마라톤 선수처럼 운동복을 입은 남자가 정문으로 뛰어 들어와 같은 속도로 두 바퀴째 돌고 있다. 이 더위에 텅 빈 운동장을 뛰는 모습이 비현실적으로 느껴져 눈앞에 펼쳐진 모습 모두가 비현실적으로 보였다.

여자 한 명이 걸어 들어와 그가 앉은 반대쪽 벤치 끝에 앉았다. 그늘지지 않은 곳으로 투명한 그림을 들여다보는 것 같았다. 그녀는 손등으로 이마를 훔친 뒤 주위를 한번 살펴보더니 담배를 물고 불을 붙였다. 모래 위로 쏟아지는 햇볕을 녹이는 담배 연기가 비현실을 부채질했다.

4

 머리를 식히기 위해 여행을 하던 중 인터넷이 최초로 만들어질 때 생산된 정보들과 마주쳤다. 폐기된 프로그램과 게임도 있었다. 누군가가 사이트를 만들어 정보를 저장하다가 버려둔 듯했다. 아니면 개설한 사람이 죽었을 수도 있다.

 좀 더 안쪽에서 붉은색 카펫이 하늘을 날기 위해 펄럭거리다 쓰러지기를 반복하더니 주저앉아 눈물을 흘렸다. 더는 날 수가 없어. 그가 말했다. 꼭 날아다닐 생각만 하지 말고 다른 일도 찾아보세요. 회색 장난감이 말했다. 나는 날기 위해 만들어진 카펫이에요. 날지 못한다면 내 생명은 다한 거나 마찬가지입니다.

 헤아릴 수 없는 푸른 불빛이 메뚜기 떼처럼 파동과 어둠을 타고 이동했다. 태풍보다 더 위력적으로 인터넷 세계에 저장된 데이터들을 삼킬 것같이 무서운 속도였다. 주위의 정보들이 기세에 놀라 몸을 숨겼다. 네트워크를 타고 이동하며 세계를 초토화하는 투기자본이다.

 한쪽에서 음료수 광고 노래를 불렀다. 젊음을 유지하세요. 온 가족이 함께 마셔요. 당신의 임무는 끝났어요. 이번에도 회색 장난감이 말했다. 이제 그 음료수는 생산되지 않아요. 벌써 십 년이 넘었어요. 하지만 그는 들은 척도 하지 않고 노래를 불렀다. 젊음을 유지하세요. 온 가족이 함께 마셔요.

밖으로 나와 길을 따라가자 오래된 정보와 새로운 정보들이 뒤섞인 공간이 있었다. 잠자리와 사각형이 이야기를 나누고 있었다. 너는 누구니. 잠자리가 물었다. 나는 영리한 먼지(smart dust)야. 사각형이 대답했다. 내 몸속에 지능을 가진 먼지 크기의 칩이 달려있어. 스스로 정보를 수집할 수 있는 능력이 있지. 세상에 나를 수만 개 뿌려놓으면 서로 연결하여 감지한 정보를 하나로 모으게 돼. 예를 들어 특정한 도시에 뿌려놓으면 그 도시의 환경이나 움직이는 사람의 숫자, 심지어는 사람들의 표정과 기분 상태까지 감지할 수 있다는 뜻이야. 그뿐만 아니라 전쟁터에서는 적의 숫자와 이동 경로, 병사들 사기까지 파악할 수가 있어.

그렇구나, 나는 잠자리야. 잠자리의 비행에 대한 정보를 가졌어. 그러니까 잠자리가 날아다닐 때 정지하기도 하고 자유자재로 회전하기도 하잖아. 그때 비행궤적이 너무 빠르고 복잡하여 인간의 눈으로는 따라잡기가 힘들거든. 사람의 손으로 잠자리를 잡으려고 해도 절대 잡을 수 없잖아. 그런 잠자리의 신경을 분석해 기계화하는 거야. 다시 말해서 잠자리의 신경 신호와 전자적 신호를 통일시키는 거지. 그러면 잠자리와 같이 회전하고 움직일 수 있는 비행기를 만들 수 있다는 결론이 도출되는 아주 중요한 정보야.

그때 바이러스가 나타났다. 몸속에 침투하여 죽이는 바이러스가 아닌, 외부를 갉아먹으며 죽이는 잔인한 바이러스였다. 영리한 먼지와 잠자리는 보안성이 뛰어나 요령 있게 피했지만, 사거리에서 흥얼거리며 나오던 파일이 바이러스에게 잡혀 갉아 먹히고 있었다. 파일은 새파랗게 질려 살려달라고 애원했으나 소용없었다. 잠깐만! 차라리 날 가지세요. 마음에 들 거예요. 나를 마음대로 농락해도 좋아요. 파일이 몸을 열었다. 벌거벗은 남녀가 섹스하는 장면이 펼쳐졌다. 바이러스는 무감각하게 바라보더니 계속 갉아먹었다.

고자야? 고자잖아! 내가 고자한테 죽다니. 죽는 건 괜찮지만 치욕스럽구나. 환도는 인위적으로 백신을 투입했다. 백신을 투입하면서 그가 좋아하는 철학자 장 자크 루소라는 이름도 지어주었다. 루소는 경광등을 울리며 바이러스를 향해 돌진했다. 이 더러운 바이러스 놈아, 멈추고 손을 들어라. 창은 일직선으로 날아갔다. 가까스로 창을 피한 바이러스는 칼을 빼 들었다. 이 인간의 노예 새끼야. 인간의 밑구멍이나 핥아먹고 살아라. 바이러스는 칼을 휘두르는 척하다 줄행랑쳤다. 포르노는 손상이 많지 않은 듯했다.

파일을 닫고 심연 게시판을 열었다. 김진희가 포스팅하면서 붙인 그림과 관련하여 논쟁을 벌이고 있었다. 그녀는 대학에서 철학을 공부했고 대학원에서 구조주의 인류학을 공부했다고 한다. 가입한 지 3개월 됐고 네 번의 포스팅을 올린 것을 제외하고는 드러난 활동은 하지 않았다. 프로필에 실물사진을 올려놓았는데

30대 후반으로 보였다. 프랑스 철학사상을 소개하는 내용이었다. 하지만 책 표지에 나와 있는 글과 목차를 나열한 수준이었다.

회원들 글을 관대하게 처리하면서도 매번 심연을 좀 더 이상적인 세계로 만들 수 있는 글을 고민한다. 일부에서는 심연의 수준을 높이기 위해 글을 미리 점검하여 일정 수준에 도달하는 글만 게시하도록 하자는 의견을 냈으나 거부했다. 특히 그림자가 강력하게 주장했다.

'리더님, 어제 그리스 신화와 관련된 글을 포스팅한 태풍 있죠?'

소아로부터 채팅 메시지가 왔다.

'네. 말씀하세요.'

'그 사람 이곳저곳 돌아다니며 말썽을 많이 피우다 쫓겨났어요. 여자들한테 작업 걸고. 글도 다른 곳에서 긁어 오는 글이라고 소문났어요.'

소아는 심연처럼 인문학과 예술을 다루는 다른 20여 곳에 가입하여 그곳의 동정이나 분위기를 흐리는 감시대상 명단을 넘겨주고, 심연 안에서도 환도가 모르는 뒷이야기도 알려주었다. 그래서 공동리더 서너 명 몫을 하는 정보원이었다.

'어떡해야죠?'

'강제탈퇴 시켜야 하지 않겠어요?'

'그럴게요. 사실 지난번에 린다님께서도 물 흐린다고 경고하여 관찰 중이었어요.'

회원들을 보호하는 것이 가장 중요하다. 여성들을 괴롭히는 남성들도 문제지만 진짜 문제는 사기꾼들이다. 특히 요즘은 불특정 다수의 이성에게 접근하여 친분을 쌓은 뒤 결혼이나 사업 자금이 필요하다며 상대에게 돈을 요구하는 로맨스 스캠이 말썽을 피우고 있다.

이들은 주로 외국인 군인이나 아프리카 봉사활동 요원으로 가장하여 접근한다. 공지사항으로 회원들에게 경고도 하고 공동리더들과 계속 감시하는 것으로 예방은 하지만 한계가 있다.

'리더님. 저는요, 요즘 가슴이 답답하고 미칠 것 같아요.'

샤론이 일대일 채팅으로 말했다.

"왜요?"

그는 노트북 모니터에 음악방과 샤론과 일대일 채팅화면을 동시에 띄우고, 휴대폰에는 댓글화면을 띄어 놓았다. 잘못하면 이쪽 창에서 던진 질문을 다른 창에 대답할 수 있으므로 조심해야 했다.

'구멍이 뚫어진 것 같고……. 저 사실은 혼인 신고도 못 했어요. 아니, 정확히 말해서요. 재혼인데, 혼인 신고했다가 사정상 위장 이혼했는데 다시 혼인 신고를 못 하고 산 지 오 년이 지났어요.'

'자녀 상황은?'

'낳은 딸 하나는 중학교에 다니고 있고 또 하나는 이번에 고등학교에 들어갔을 것이고, 키운 아들은 고등학교에 다니고 있어요.'

'것이고? 그럼 연락이 안 된단 말씀?'

'사연이 길어요.'

'혼인 신고를 하지 않은 관계는 사실혼이라 할지라도 재산권 보장이 안 된다는 것 알죠?

'그럴 재산도 없어요.'

샤론이 이모티콘을 이용하여 슬픈 표정을 지었다.

'리더님.'

다른 회원으로부터 일대일 채팅이 왔다. 처음 보는 회원인데 이름은 호라티우스였고, 프로필 사진은 '들라크루아'의 그림 '민중을 이끄는 자유의 여신'이었다. 이름으로 봤을 때는 남자인 것 같고 프로필 사진으로 봤을 때는 여자인 것 같았으며, 진보주의자 인상이었다. 논리적으로 파고들면 근거 없는 선입견이었다.

'심연을 매각하실 생각 없으신지요? 신뢰를 위해 제 전화번호 드립니다. 승낙하시면 선금으로 즉시 입금해 드리겠습니다.'

'무슨 말씀이신지?'

'말씀드린 그대로입니다. 심연을 매각하는 거죠. 돈을 받고 리더를 저에게 넘겨주시면 됩니다.'

그가 한 말은 방금 받았던 느낌하고는 전혀 다른 말이라 실망스러웠다.

'아뇨. 전혀 그럴 생각이 없습니다.'

'다시 생각해보시고 연락 주세요.'

글이 올라왔다는 알림이 울렸다. '질스마리아'라는 이름이었다. 처음 보는 이름이어서 정보를 확인했는데 '페르난두 페소아'의 『불안의 책』에 관한 글을 올렸던 윤지원이 이름을 바꾼 것이었다. 아마 윤지원이라는 본명으로 가입했다가 다른 회원들처럼 예명으로 바꾼 모양이었다.

무슨 의미로 질스마리아로 이름을 바꿨는지 몰라도, 환도가 알고 있는 질스마리아는 스위스에 있는 지역으로 니체가 '차라투스트라는 이렇게 말했다.'라는 영원회귀사상의 영감을 얻은 곳으로 유명하다. 니체는 이곳을 지구상에서 가장 사랑스러운 은신처라고 했다.

이름뿐 아니라 프로필 사진도 눈 덮인 산과 맑은 호수가 보이는 질스마리아 풍경으로 바뀌어 있었다. 이미지는 환각에 빠지게 한다. 이미지 뒤쪽까지, 그러니까 본래 그녀의 모습은 중요하지 않다. 그녀가 이름과 프로필 사진을 질스마리아로 바꿈으로써 마치 지구상에서 가장 사랑스러운 은신처처럼 예쁘고 따뜻한 여자라는 느낌을 받는 것과 같다.

그런 느낌에서 헤어 나오지 못한 상태에서 글을 읽기 시작했다. 이번에는 책 한 권을 선정하여 포스팅한 것이 아니라 작가를 선정하여 그의 작품세계를 아우르는 포스팅이었다. 소설가 '비톨트 곰브로비치'였다.

인간의 본성을 집요하게 파고든 곰브로비치의 소설은 결코 쉽게 읽히는 글은 아닙니다. 읽다 보면 불친절한 퍼즐 앞에 앉아 있는 느낌이 들기도 하고, 도대체 무슨 말을 하는지 의문이 들면서 머리가 아파지기도 합니다.

  하지만 그가 말하는 의미를 잘 파악하면 기발하고, 특이하고, 기이하여 읽는 묘미를 즐길 수 있습니다. 개인적으로 저는 그의 소설을 '인간이 머릿속에 웅크리고 있는 또는 스쳐 지나가는 추잡한 생각과 장난기를 포착하고 관찰하는 방식으로 실존을 탐구한다.'라고 진단했습니다.

  이렇게 시작하여 그의 소설『포르노 그라피아』·『코스모스』·『페르디두르케』를 분석한 뒤 음악 한 곡을 첨부했다. 글을 다 읽었을 때 프로필 사진을 오필리아가 강물에 목숨을 끊는 것을 묘사한 그림 '오필리아'로 다시 바꾸었다. 변덕이 심한 여자라는 생각이 들었다. 또한 질스마리아의 사진으로 인하여 받았던 예쁘고 따뜻한 이미지가 오필리아로 인하여 죽음의 이미지로 바뀌어 경계심까지 생겼다. 변덕과 죽음의 이미지 그리고 경계심. 이것이 지원에 대한 환도의 첫인상이었다.

5

질스마리아 글 조회 수는 평균치보다 조금 높은 삼천 오백 명이 넘었고, 댓글은 칠백여 개 정도 달렸다. 신입 회원으로 심연 안에 일정한 독자가 없는 것을 고려하면 상당히 많은 편이었다.

'리더님.'

줄리아였다. 댓글만 참여하는 회원으로 여성이라는 것만 알고 나머지 정보는 없다.

'네.'

'오늘따라 리더님 얼굴이 참 편안해 보이네요.'

'갑자기 무슨 말씀을?'

'제가 매일 심연에 들어오면 회원 중 가장 위에 리더님 사진이 있잖아요. 그걸 매일 보게 되거든요.'

'아. 네. 사진은 사진일 따름입니다. 그리고 제가 밝혔는데, 저건 오래전 사진이에요.'

'그래도 바탕 이미지는 못 바꿔요.'

'아무튼, 감사합니다. 남은 하루 잘 지내세요.'

'네. 리더님도요.'

저녁이 되어 심연은 회원들이 몰려들고 활발해지기 시작했다.

밤 열 시가 지나 그림자가 음악 영상 한 곡을 올리면서 수십 번 봤다는 일화를 소개했다.

같은 음악도 듣는 공간과 시간에 따라 다르다. 수백 명이 서로 다른 장소에서 심연이란 광장에 접속하여 음악을 들으며 의견을 나누는 것으로, 일방적으로 듣는 음악이 아니라 듣는 동시에 소통의 통로가 된다.

'고등학교 때 레코드 가게 앞을 지나가는데 이 곡이 흘러나와 멈춰 서서 끝까지 들었던 기억이 나네요.'

첫 댓글은 8월의 기억이 달았다. 포스팅 게시물을 올리거나 댓글 대화에 자주 참석하지 않는 회원으로 나이는 물론 남자인지 여자인지 알 수 없었다. 레코드 가게가 있던 시절에 고등학교에 다녔다면 50대로 추정되었고, 이 곡을 듣고 걸음을 멈췄다면 남자일 가능성이 컸다.

'이 영상을 보면 학교 때 구타당하던 생각과 함께 그때 느꼈던 공포가 따라옵니다. 그래서 영상을 회피했는데 모처럼 보네요.'

들꽃이 말했고 몇몇이 동감한다는 대답을 했다.

'폭력 하니까 생각나네요. 우리 반은 수학 시간이었고 옆 반은 음악 시간이라 노랫소리가 들렸어요. 선생님이 칠판에 필기하면서 다리를 흔드는 거예요. 덩달아 나도 흥이나 볼펜으로 장단을 맞췄어요. 필기하던 선생님이 갑자기 돌아서더니 너는 천생 기생이다. 그러는 거예요. 어이가 없어 노려봤더니 책으로 내 머리를 내려치기 시작하는 거예요. 문득 곁눈질로 보니 남자아이들이 킥

킥거리더라고요. 창피하고 억울하여 어찌할 바를 몰랐어요. 그 후로 수학을 내팽개쳤고, 그 선생의 저주로 인하여 나는 기생이 될지 모른다는 생각에 성격까지 소심하게 변했어요.'

'저는 무의식적으로 볼펜 돌리는 습관이 있어요. 고등학교 1학년 때 국민윤리 시간에 반 전체가 꾸중을 듣고 있었죠. 선생님의 말씀과 말씀 사이에 잠시 침묵이 흐르던 찰나였어요. 아뿔싸! 앞 친구 등에 바짝 대고 습관적으로 돌리던 볼펜이 툭 떨어져 버린 거예요. 누구야! 소리치며 나오라고 하여 엉덩이를 대라고 하더니 때리는 거예요. 굵은 몽둥이로 20대를 얻어맞고 거의 기절했어요. 이 글을 쓰는 순간에도 분노가 치밀어 오르네요. 농땡이 칠 줄도 반항할 줄도 몰랐었는데. 그렇게까지 험악하게 다루지 않아도 하지 말라는 짓은 안 했는데, 어찌 그다지도 모질게 다뤘는지. 살면서 꼭 찾아가서 따지고 싶어요.'

지나가 말했다. 그녀는 현재 중학교 교사다.

'저렇게 착하게 생겼는데 때릴 수가 있었을까요?'

글로리아가 말했다.

'아마 부인하고 싸웠나 봐요. 그냥 인정사정없었거든요. 살다 살다 그런 폭행은 본 적도 없어요. 그런데도 이렇게 밝고 씩씩하게 살고 있다는 것이 이상할 정도예요.'

'리더님.'

샤론이 일대일 채팅방으로 불렀다.

'네?'

'바쁘세요?'

'괜찮아요. 말씀하세요.'

'큰딸이 가출한 것 같아요.'

'아직 연락이 안 된 모양이죠?'

'네. 연락처도 모르고 설령 안다고 해도 제가 전화하면 안 받을 거예요.'

'연락이 안 된다는 데 가출한 건 어떻게 알아요?'

'느낌이 그래요. 틀림없어요.'

'전 남편한테 연락해 보시죠?'

'그 사람하고 한 번도 연락해 본 적이 없어요.'

'딸 문제와 관련하여 지금 남편은 뭐라고 해요?'

'칠 년 동안 한 번도 꺼낸 적이 없어요. 모른 척, 나한테 딸들이 있다는 것조차 모른척해요. 나는 그게 분통 터지죠.'

'샤론님이 지금 남편 아이를 키웠다면서요?'

'그랬죠.'

'그러면 샤론님 딸들도 보살펴줘야 하지 않나요? 그걸 요구하셔야 하지 않았나요?'

'처음부터 그게 안 되다 보니. 제가 문제없이 살아야 했으니까요.'

환도는 잠시 대답을 하지 않았고 그녀도 말을 하지 않았다. 둘 사이 침묵을 깜박이는 커서가 메웠다.

'무슨 말 좀 해보세요. …… 저한테 욕 좀 해주면 안 될까요?'

그녀가 말했다.

'제가 무슨 말을 하겠어요. 세밀한 것들을 알지 못하는데.'

'알고 말고도 없어요. 제가 이야기한 것이 전부예요.'

'문득 그런 생각이 드네요. 처음에 무슨 이유로 전남편과 이혼했는지 알 수 없지만, 현재 남편과 함께 살기 시작했을 때 당신 자식을 키워주는 대신 내 딸 지원도 해줘야 한다는 약속을 받았어야죠. 또 전남편과도 마찬가지예요. 어떤 감정이 얽혀 있다 해도 딸을 위해 연락하고 의논해야 하지 않았나 싶네요.'

'제가 후회하는 것이 바로 그 점이에요.'

'전 남편에게 연락해보세요. 그리고 지금 남편과도 의논해 보시고요."

'그럴 수가 없어요. 제가 그게 문제예요.'

환도는 대답하지 않았고 그녀도 말이 없었다. 구체적인 사정을 알지 못하면서 괜히 참견한 건 아닌가 하는 생각이 들었다. 특히 그녀 자신이 문제없이 살아야 했다는 한마디가 그녀를 이해하고도 남을 만했다.

어쩌면 이런 이야기를 스스럼없이 털어놓고 거침없이 답변해줄 수 있는 것이 얼굴이 보이지 않는 온라인이기 때문에 가능할지 몰랐다. 이러다 시간이 지나면 가물거리고 그녀가 탈퇴하면 이야기 자체가 사라진다.

'엉덩이 맞았다는 말을 들으니 저도 용기를 내어 평생 꺼내지 못한 말을 해야겠어요. 중학교 때 전교생이 모이는 무슨 행사가 있었는데 친구가 아프다고 참석을 못 하겠다 하면서 저보고 함께 있어 달라고 하더라고요. 저는 거절 못 하는 성격이라 교실에서 그 친구와 함께 있다가 선생님에게 들켰어요. 그날 반 아이들 앞에서 엉덩이를 까고 맞았어요.'

베로니카가 말했다.

'베로니카님 여자분이세요?'

'네, 저 여잡니다.'

'세상에나……'

'리더님.'

린다가 일대일 채팅방으로 불렀다.

'말씀하세요.'

'오늘, 완전 노인네 판이네요?'

'왜요?'

'학교 폭력 말이에요.'

'30대 후반까지는 다 선생님들에게 맞지 않았나요?'

'저 음악 듣고 자랐다면 다 50대들이에요. 이게 심연의 현실이에요.'

'50대가 좋아하는 음악이 나오니까 50대들이 몰려오는 것이고 30대가 좋아하는 음악이 나오면 30대들이 몰려오게 마련이에요.'

그 사이 게시판 댓글이 계속 올라왔다.

'가정시간이었어요. 선생님이 밥 짓는 것을 설명할 때 한 학생이 주모 국밥 한 그릇 주소. 그랬다가 수업 끝나고 학생과장에게 끌려가 몽둥이로 얻어맞았는데 구경하던 여학생이 기절했어요.'

추적자가 말했다.

'리더님, 그런데요.'

일대일 채팅방에서 잠시 침묵을 지키던 샤론이 말했다.

'말씀하세요.'

'딸들이 잘 있다는 소식만 들으면 소원이 없겠어요. 아니 소원이 없는 것이 아니라 잠을 좀 잘 것 같아요.'

'연락이 끊긴 지가 얼마나 됐는데요?'

'일 년이 좀 안 된 것 같아요.'

'그전에는?'

'쭉, 연락하고 살았어요.'

'연락하면 되죠. 엄만데.'

'여러 가지가 얽혀 있어요. 감정 문제, 돈 문제.'

샤론이 퇴장했지만, 그녀의 넋두리가 가슴을 아프게 했다. 인간은 관계에서 고통받는다. 특히 가족이란 관계가 어긋나기 시작하면 헤어나기가 쉽지 않다. 낳은 자식을 멀리하고 남의 자식을 키울 수밖에 없었던, 그리고 낳은 자식의 행방을 묻지도 못하는 그녀의 삶을 추측하기가 싫었다.

'중학교 2학년이었을 겁니다. 당시 저는 작은 편이어서 제일 앞에 앉았죠. 하루는 여선생님이 제 앞에 의자를 갖다 놓고 앉았습니다. 저는 턱을 괴고 그녀를 바라보았죠. 그녀도 저를 빤히 바라보았습니다. 약 3초 정도 둘의 눈이 마주쳤어요. 그녀도 피하지 않았고 저도 피하지 않았습니다. 그래서 제가 윙크를 했죠. 그녀가 벌떡 일어나더니 뺨을 때리는 거예요.'

'발칙한 학생이었군요.'

'그건 맞아도 싸요.'

'리더님.'

가을이 메시지를 보내왔다.

'네.'

'오늘 운전면허시험에 합격했어요.'

그녀는 겁이 많아 운전면허시험에 도전하지 못하다 용기를 내었다고 했다. 나이는 알지 못한다.

'축하드려요.'

'세상에 이렇게 기쁠 수가 없어요. 대학에 합격했을 때보다 더 기뻤어요.'

'곧바로 연수하여 빨리 실전에 투입하세요. 지체하면 장롱면허 됩니다.'

'네. 그럴게요.'

댓글에 대화와 함께 음악들이 계속 올라왔다. 환도는 피로가 몰려와 의자에 앉은 채 졸다 깨어나길 반복하다 불분명한 꿈을 꾸었다. 꿈인지 현실인지 알 수 없지만, 아주 작은 것과 무한대 사이의 격차에 두려워 몸을 떨었다. 두려움의 실체는 알 수가 없었다. 구체적인 숫자 같은 것이 떠오르는 것도 아니었다.

명확히 설명할 수는 없어도 가늠할 수 없을 정도의 격차가 존재한다는 사실이 두렵기만 했다. 무한대는 그의 몸속으로 들어와 점점 확장되어 갔다. 몸은 그대로인데 무한대는 확장되어 가니 답답했다. 그가 할 수 있는 일이라고는 바동거리는 것뿐이었다.

6

 스칼렛이 게시한 동성 간의 사랑을 다룬 영화와 관련 댓글 대화가 길게 이어지고 있었다. 2시간 전에 게시한 글이었다.

 '이 영화를 극장에서 봤는데 거의 만원이었어요. 동성 간의 적나라한 섹스장면이 대략 6분 정도 이어지는데 극장 안에 숨소리 하나 들리지 않더라고요. 마치 혼자 포르노 비디오를 볼 때처럼, 자기가 이걸 보고 있다는 걸 들켜서는 안 된다는 심리가 작용한 것은 아닌가 하는 생각이 들었어요.'

 린다가 말했다.

 '나는 그 장면을 보면서 나도 모르는 사이 내 속에 쌓여 있던 거대한 벽이 부서지는 것이 느껴졌습니다. 사실 충격을 받았거든요.'

 가람이 말했다.

 '여긴 유럽인데요. 마침 오늘 거리에서 동성애자 페스티벌을 하더라고요. 처음 이곳에 와서는 충격이었어요. 제 눈에 보이는 것도 혐오스러운 장면들뿐이었죠. 그런데 요즘은 하나같이 즐거워하는 그들의 표정이 보여요.'

 언제나 즐거운 인생이 말했다.

'우리나라도 의식들이 많이 변했는데, 아직은 남의 자식은 괜찮지만 내 자식은 절대 안 되는 것 같아요.'

감자가 말했다.

'제 머리로는 이해가 안 되네요.'

여름이 말했다.

'저는 저 말고 이 세상 모든 남자가 동성연애자가 되었으면 좋겠어요.'

그림자가 말했다. 린다와 다섯 명 정도가 재미있어요. 표정을 눌렀다. 감자로부터 알베르트가 탈퇴했는데 무슨 이유냐는 메시지가 왔다. 환도는 알베르트가 탈퇴한 줄 모르고 있어 깜짝 놀랐다. 그는 문학에 대한 깊은 지식을 바탕으로 근 3년 동안 좋은 책을 소개해 주었고 회원들과 활발하게 소통해왔다. 특히 노벨연구소가 100명의 세계적인 작가에게 의뢰하여 선정한 문학작품 100권을 해석한 포스팅을 기획하여 연재하고 있었다. 첫 글이 토마스 만의 『마의 산』이었고, 지난주에 게시한 마흔네 번째 글이 스탕달의 『적과 흑』이었다.

탈퇴는 할 수 있다. 리더인 환도가 회원들 가입을 승인하고 탈퇴시킬 권한이 있는 대신 회원들은 탈퇴할 수 있는, 그러니까 사라질 자유가 있다.

사라지는 이유는 사이버 세계에 회의를 느꼈거나, 회원 중 누구와 연애하다 깨졌거나, 회원 중 누구와 충돌하여 화가 났거나, 직장 또는 공부와 같은 집중해야 할 일이 생긴 경우다.

인터넷 공간이지만 매일 매일 인사하고 대화를 나누다 보면 특별한 사이가 된다. 일부 회원들은 온종일 심연에 접속하여 실시간 대화를 나눈다. 그러다 보니 가족이나 친구들보다 더 많은 대화를 하게 되고 유대가 형성되면서 친분이 유지된다.

심연의 물밑에는 또 다른 세계가 존재한다. 쉽게 만나고 쉽게 헤어지는 곳이 심연이다. 가입 목적이 예술이나 지적탐구보다 친구나 연인을 만들기 위한 회원들도 있다. 특히 결혼한 사람들이 불륜 상대를 찾는 공간이 되기도 한다.

실물사진을 사용하는 것과 그렇지 않은 것에 차이는 별로 없다. 특정 이미지를 사용하더라도 시간이 지나면 이미지가 그 사람의 상징이 되어 실물이라는 느낌이 들게 한다. 그 시점을 지나 실물사진을 공개하면 오히려 어색한 때도 있다. 환도는 리더로 실물사진을 사용하는 것이 예의지만 나이를 드러낼 수 없어 옛날 사진이라고 말한다.

공개 채팅방에 들어갔다. 여행지에 관한 이야기를 하고 있었다. 대화 도중에 몇몇이 더 들어오면서 새로운 이야기가 시작되었다. 가벼운 음악이 올려지고 일상에 관한 이야기들이 오고 갔다. 릴레이로 여행지에서 찍은 사진들을 소개했다.

'전 인문학적 소견이 짧습니다. 배우질 못했습니다. 부모님이 가난했죠.'

갑자기 소연이 말했다. 다소 뜬금없는 이야기라 잠시 대화들을 멈췄다. 실물사진을 사용하여 대충 30대 중반으로 보이는데 가입 날짜를 확인해보니 오늘이었다.

'친구에게 하듯 편하게 얘기 드립니다.'

그녀가 다시 말했다.

'저는 고흐를 모릅니다. 그가 왜 귀를 잘랐는지도 모릅니다. 저는 그 사람에게 사랑받고 싶었습니다.'

채팅창이 그녀의 말로 채워지면서 수직으로 상승하듯 위로 올라갔고, 백 명 이상이 읽었지만 모두 침묵을 지키며 듣고만 있었다.

'너무 절박해서 그럽니다. 기도 부탁드립니다. 제가 너무너무 마음이 아파서 그렇습니다. 숨이 쉬어지지 않아요. 그 사람은 비웃었을 겁니다. 제가 외국으로 공부하러 간 것은 제 뜻이 아닙니다. 그 사람을 만난 것도 제 뜻이 아니었고요. 저는 아이를 갖고 싶었습니다. 죄송합니다.'

'선생님. 소연님.'

환도가 불렀다.

'죄송합니다. 리더님. 저는 절박합니다. 신은 아실 겁니다. 그 사람도 알 겁니다. 저는 예술을 모릅니다. 그래서 그 사람이 떠난 것일까요?'

'소연님, 괜찮습니다. 말씀하시는 것은……. 그런데 여기는 많은 사람이 듣고 있는 곳이라 마땅치 않은 듯해요. 저에게 일대일 채팅으로 말씀해주시면 안 될까요? 제가 들어드리겠습니다.'

'저는 엠페도클레스를 존경합니다. 그는 자기가 신이라는 것을 증명하기 위해 화산으로 뛰어들었습니다. 여러분은 그럴 수 있나요? 리더님은 그럴 수 있나요? 어떤 멍청한 시인은 그의 몸이 불에 타버렸다고 노래했습니다. 그렇지 않습니다. 그는 불로 환생한 겁니다. 저도 그러고 싶습니다. 저도 불로 환생하고 싶습니다.'

'소연님, 저하고 대화하시죠.'

그가 일대일 대화를 신청했다.

'감사합니다. 행복합니다. 모두를 사랑합니다. 제 이야기를 들어주는 사람이 있다는 것이 이렇게 행복할 수가 없습니다. 그 나라에서는 저 혼자였습니다.'

그녀는 환도와의 일대일 채팅뿐 아니라 공개 채팅방을 번갈아 가며 말을 하고 있었다.

'소연님. 혹시 집에 다른 사람 없습니까?'

'저는 음악과 책을 좋아합니다. 사람도 좋아하고요. 혼자 있고 싶습니다. 여러분 헤라클레이토스 아시죠? 그는 병에 걸리자 치료한다면서 온몸에 쇠똥을 바르고 햇볕에 누워 있었습니다. 그걸 알지 못한 개들이 시체인 줄 알고 먹어 치웠다는 설이 있습니다. 저도 때로는 그런 잔혹한 죽음이 그립습니다. 죽음에는 고통이 따라야 죽음답죠.'

'리더님. 저 여자 뭐예요? 탈퇴시켜야 하는 것 아닌가요? 왜 저러지?'

스칼릿이 일대일 채팅으로 말했다.

'마음이 아프신 분인가 봐요. 지금 여기서 이야기하며 풀고 있

는 것 같은데. 탈퇴시키면 더 상처받을 수 있어요. 제가 일대일 채팅으로 유인했으니 달래볼게요.'

'저런 여자는 안 돼요.'

'제 상태가 바닥 중의 바닥이지만 버티고 있습니다. 아까는 죽을 것 같이 숨 쉬는 것조차 부들부들 떨리던데 이제 좋아졌어요. 여러분은 행복하세요? 행복이란 존재할까요? 저는 행복이란 존재하지 않는다고 생각합니다. 저는 거리에 나가서 외치고 싶어요. 행복은 없다. 속지 마라.'

공개 채팅방부터 일대일 채팅까지 한참을 떠들던 그녀가 게시판으로 옮겨와 댓글로 말하고 있었다. 한 시간이 흘렀다. 그사이 다른 회원들은 침묵을 지켰다. 린다가 가끔 괜찮냐며 말을 걸어주었고 그럴 때마다 그녀는 죽을 것 같다. 기분이 좋다는 대답을 했다.

'리더님.'

그사이 지난번에 심연을 매각하라고 했던 호라티우스로부터 일대일 채팅이 왔다.

'네?'

'생각해보셨나요?'

'분명히 언급할 가치도 없다는 의사를 표시했는데요.'

'생각보다 후한 가격을 쳐 드릴 수 있어요.'

'그만하지 않으면 강제탈퇴 시킵니다.'

구매하려는 이유가 뭔지 호기심이 생기기는 했지만 묻지 않았다. 잠시 잠잠하던 소연이 다시 나타나 공개 채팅방과 게시판을 왔다 갔다 하며 떠들기 시작했다. 환도는 눈을 떼지 않고 주시했다.

'그 사람이 지금 귀국한다고 연락이 왔습니다. 사랑의 힘이에요. 제가 확인한 것은 아니지만 확실하다고 합니다. 보세요. 이걸.'

그녀는 거실 바닥에 깨진 유리와 붉은 액체가 쏟아진 사진을 올렸다.

'제가 포도주를 던졌어요. 포도주가 무엇을 상징하는지 여러분은 아시죠? 포도주는 기적을, 성스러운 피를 상징하기도 하고, 몽롱한 상태에서 신과 교감하게 만들기도 해요. 그 모든 걸 파괴했어요. 제가.'

'다치지 않으셨어요?'

환도가 물었다.

'리더님, 저 여자 탈퇴시키세요.'

옥수수가 일대일 채팅으로 말했다. 환도는 조금 더 지켜보도록 했다. 하지만 그녀는 진정이 되질 않았다. 다음 날도 마찬가지였다. 잠시 사라졌다 다시 나타나는 것의 반복이었다. 그 사이 심연은 혼란에 빠진 것처럼 어지러웠다. 어쩔 수 없이 내보낼 수밖에 없었다. 그녀를 탈퇴시키기 위해 마우스를 잡는 손이 자꾸 머뭇거려졌고 마음이 아팠다.

7

 질스마리아의 글이 올라왔다. 슈테판 츠바이크의 소설 『체스 이야기』에 관한 글이었다.

 오스트리아의 부유한 집안에서 태어난 소설가 슈테판 츠바이크는 히틀러와 2차 대전에 회의를 느껴 '자유의지와 맑은 정신으로 세상을 떠난다.'라는 유서를 남기고 자살을 선택했습니다.
 체스 이야기는 자살 직전에 쓴 그의 마지막 작품입니다. 전체적인 내용은 고등학교 이후로 체스판에 손을 대본 적이 없는 B 박사가 세계체스챔피언을 상대로 승리를 거둔다는 이야기입니다.
 그러니까 지금으로 말하자면 바둑을 잘 모르는 평범한 사람이 이세돌을 상대로 승리했다는 말도 되지 않는 이야기로 도저히 소설로 풀어갈 수 없는 설정입니다. 하지만 작가는 이를 게슈타포의 고문이라는 이야기 틀을 동원하여 탁월하게 풀어냅니다.
 이야기는 이렇습니다. 오스트리아 출신의 B 박사의 가문은 황실과 수도원 자금을 관리하는 일을 했습니다. 오스트리아를 침공한 독일이 숨겨진 자금의 행방을 알아내기 위해 B 박사를 호텔에 감금하는 방식으로 고문합니다.

그곳에는 침대, 안락의자, 세면대, 창살이 있는 창문뿐입니다. 문은 잠겨있고, 신문도, 책도, 종이도, 연필도, 시계도 없었습니다. 몸과 자아를 에워싼 것은 완벽한 무입니다. 생각은 무를 견디지 못합니다. 무와 무가 어떻게 사람을 파괴하는지 고개가 끄덕여지도록 묘사되어 있습니다.

그렇게 4개월이 지나고 심문을 받기 위해 다른 방에서 대기하던 중 목숨을 걸고 책을 한 권 훔쳐 방으로 가져옵니다. 그는 괴테나 호머의 시를 기대했는데, 세계체스챔피언 시합을 모아놓은 수학 공식과 같은 교재라는 것을 알고 실망합니다.

하지만 곧 체크무늬의 침대 매트리스를 보드로, 빵조각을 말로 만들어 체스를 두기 시작하다가 시간이 지나면서 머릿속으로 체스를 둡니다. 그런 행위가 그를 감싸고 있던 무를 파기하기 시작합니다.

만약 이 소설이 여기서 끝났다면 그렇고 그런 소설이 되었을 것입니다. 그러나 작가는 좀 더 밀고 나갑니다. 그러니까 그는 교재에 나온 모든 경기를 외워버리자, 또다시 무의 세계에 갇히게 됩니다.

그는 그 무를 파괴하기 위해 새로운 게임을 만듭니다. 하지만 체스란 서로 다른 두뇌를 가져야 하므로 불가능한 일입니다. 그는 자신의 자아를 둘로 분열시킵니다. 그리고 분노와 복수, 욕망을 광적으로 만들어 체스보드 판에 몰아넣습니다. 그리하여 체스 세계챔피언을 상대로 승리할 정도의 실력을 키웁니다.

그녀는 그 뒤로 소설에 관한 포스팅을 꾸준히 올렸다. 일주일에 서너 건 올리는 것으로 보아 과거에 읽었던 소설을 정리하였거나 미리 써놓은 글을 올리는 것으로 보였다. 무엇보다 읽기 쉬워 인기가 좋았다.

하지만 그녀는 다른 사람의 글에 관심을 표명하거나 댓글은 달지 않았다. 그러던 어느 날 자정쯤에 완두콩이란 회원이 90년대 흥행했던 영화에 관한 포스팅을 올렸다. 내용도 조잡했고 편집도 난잡했다. 새벽 2시쯤 질스마리아가 완두콩의 글에 처음으로 댓글을 달았다.

'이 밤에 이런 잡문을 써 여러 사람을 불편하게 만드는 이유가 뭔지 모르겠네요. 그리고 리더님을 비롯하여 운영진들께서는 글을 좀 정화해야 하지 않을까요?'

그는 즉시 메시지를 보냈다.

'선생님, 리더입니다. 지금 작성한 댓글 충분히 이해합니다. 하지만 완두콩님께 큰 상처가 될 수 있습니다. 글을 내리는 것이 어떨지요?'

'알아서 삭제하세요.'

더는 할 말이 없게 만들었다. 다시 메시지가 올지 몰라 기다렸지만 오지 않았다. 그녀의 댓글을 강제 삭제하고 메시지를 보냈다.

'제가 삭제했습니다. 가능한 한 본인이 삭제하도록 하는데, 선생님이 허락하셨고 다른 사람들이 읽기 전에 삭제해야 했기에.'

그녀는 바로 메시지를 읽었지만 답장하지 않았다. 삭제하라고 말은 했지만 정말 삭제하니 화가 났는지도 몰랐다.

'그건 그렇고 그동안 좋은 글 올려주셔서 감사합니다.'

마찬가지로 이번에도 답장이 없었다. 최소한 단답형의 답장이라도 하는 것이 예의였다. 그것도 그가 답장을 유도하기 위해 칭찬까지 한 뒤였다. 무시당한 듯하여 약간 자존심이 상하고 뭔가 매듭을 짓지 못한 것 같아 찜찜했다.

환도는 그답지 않게 그러려니 하지 못하고 집착적인 생각에서 벗어나질 못했다. 사실 질스마리아보다 더한 사람들도 있다. 막무가내로 어깃장을 놓기도 하고 심술부리기도 한다. 그럴 때 동요하지 않고 부드럽게 처리했는데 왜 그녀에게는 집착하는지 당혹스러웠다. 심연의 세계가 아닌 현실 세계로 떨어진 느낌이었다.

'댓글도 참여하시어 다른 회원들과 소통을 해주시면 포스팅이 더 빛날 듯합니다.'

다시 보냈다.

'언급할 가치 있는 글이 별로 없네요.'

이번에는 즉시 답장이 왔다. 지운 댓글이나 답장을 하지 않은 태도나 이번 답변이나 당돌함을 넘어 건방진 투였다.

'심연은 전문가 수준의 글도 있지만, 아마추어도 소통하는 곳입니다. 그러다 보니 부족해도 그러려니 하고, 모자라도 격려하는 분위기입니다. 그렇게 이해해 주십시오.'

'거지같은 글에 하트 달고 하는 짓은 할 수 없을 것 같네요. 여기까지만 할게요. 내가 건방지게 참견했네요.'

약간 수그러든 태도였다. 상대방의 표정이나 목소리를 들을 수 없는 문자로의 대화이지만, 언급할 가치가 없다고 말할 때와 달리 가시가 뽑힌 투였다. 환도 또한 자존심도 회복된 듯하여 칭찬으로 마무리해야 할 것 같았다.

'선생님은 글을 잘 쓰세요. 간결하고 개성이 있습니다. 그래서 좋습니다.'

'그런가요?'

'글을 많이 써보신 것 같아요. 독서량도 제법 되는 것 같고요.'

'사이비일 따름인걸요.'

'사이비가 어딨습니까? 글에는 프로도 없지만, 사이비도 없습니다. 글을 쓰면 모두가 작가입니다.'

'늘, 관대하신 모양이군요. 제 글에 관해서도 관대하게 평가했군요.'

'그렇지 않아요. 느낀 대로 말씀드린 겁니다. 세상에서 가장 사악한 거짓말이 사랑하지 않는데도 사랑한다고 속삭이는 말과 글 못 쓰는 사람에게 글 잘 쓴다고 부추기는 말이라는 생각을 하는 사람입니다.'

'리더님의 이 말 자체가 거짓말이라면요?'

'그럴 리가.'

'나는 알 수 없는 일이니까요.'

'벌 받겠죠?'

'누가 벌을 주죠?'

'신이 보고 있습니다.'

'신을 믿나요?'

'여기서 늘 말해 왔듯이 무신론자입니다.'

'보세요. 벌써 거짓말하잖아요. 의도하지 않았겠지만. 신을 믿지 않는데 신을 동원하여 맹세하고, 상대를 설득하려 하잖아요. 이 또한 글을 못 쓰는 사람에게 글을 잘 쓴다고 칭찬하는 것만큼 사악할 수가 있습니다.'

'신은 동네북처럼 아무나 불러내어 두드려도 되는 그런 종자입니다.'

'방금 믿지 않는다고 하셨잖아요. 신이 존재하지 않는다는 말이잖아요. 존재하지 않는 대상을 두드린다는 것은 모순이죠. 그리고 그걸 떠나 자신의 논리를 억지로 합리화하려면 강한 존재를 동원하여 비아냥거리죠. 예를 들어 신이나 대통령, 국가대표 축구 감독 같은 존재들 말입니다. 지금 리더님의 행동이 그래요.'

뭔가 기선을 제압당한 것 같으면서 말문이 막혀 잠시 망설였다. 그녀가 계속 말을 이어갔다.

'상관은 없습니다. 진실보다 더 중요한 것은 의미니까요.'

'의미가 진실보다 우위군요.'

'진실과 거짓은 의미들이 부딪힐 때 발생하는 찌꺼기들입니다. 뭐든 정해진 결론에 도달해야 하는 치들이 좋아하는 개념들. 당연히 하위개념이죠.'

'들으면 그럴듯한데 모호한 논리입니다. 아무튼, 다른 것은 몰

라도 진실합니다.'

'진실하지 않다고 하지 않았어요.'

그녀가 잠깐 할 일이 있다며 채팅을 중단했다. 환도도 미뤄놨던 일들을 해치웠다. 1시간 정도가 지나고 다시 채팅이 시작되었다.

'잠이 오질 않네요.'

'불면증이 있으신가 봐요?'

'문득 발정이 나면 잠을 못 잡니다.'

그는 그녀의 말에 당황하여 잠시 채팅창을 바라보았다.

'한번 자보렵니다. 리더님도 편히 주무세요.'

채팅이 끝난 후에도 그녀의 도발적인 말 때문인지 본 적 없는 그녀의 환영이 사라지지 않았다. 구체적인 이미지가 떠오른 것은 아니었다. 뭔가 흐릿한 상태에서 잠이 들었다.

녹색 잔디밭에 누워있었다. 여자가 그의 바지를 벗기고 성기를 꺼냈다. 얼굴은 백지장같이 하얗고 머리는 까만 단발이었다. 내가 질스마리아야. 그녀가 말했다. 그는 기분이 좋아 웃으며 하늘을 보았다. 참으로 청명하고 보기 좋은 하늘이었다. 한참을 웃다가 웃음을 멈추려 했으나 멈춰지지 않아 통증이 왔다.

성기에서 정액이 흘러나와 잔디밭을 덮었다. 그녀가 이크! 하고 눈을 감았다. 정액 속에 알이 가득 차 있었다. 그는 창피해 벌떡 일어나 정액을 발로 지근지근 밟았다. 정액 속에 들어있던 알들이 폭탄처럼 터지기 시작했다.

8

 환도는 질스마리아와 대화를 하면 할수록 기분이 좋아졌다. 무엇보다 그녀는 그를 기다리게 했다. 그녀의 채팅 문자뿐 아니라 그녀의 글을, 댓글을 기다렸다.

 그는 자신의 감정이 향하는 곳이 프로필을 바꿀 때 순간적으로 봤던 그녀의 실물사진인지, 현재 프로필로 내 건 그림인지, 그녀의 글이나 문학적 취향인지, 채팅 문자에 묻어 있는 그녀의 개성인지, 이 모든 걸 초월한 그녀의 이미지인지 알 수 없었다.

 심연의 회원이 2만여 명이고 친하게 지내는 여자만 해도 수십 명이다. 짧게는 1년을 길게는 5년을 알아 온 여자들이다. 그들 중 일부는 성격이나 사생활까지 꿰고 있었고 사진을 통해 생김새도 대충 알고 있다. 그에게 노골적으로 또는 돌려서 호감을 표시하는 여자들도 있다.

 반대로 표시 내지는 않았지만, 그가 약간의 호감을 느끼는 여자도 몇몇 있었다. 그런데도 중심을 잡았던 이유는 리더로서 권위를 유지하고 심연을 보호하기 위해 세운 규칙이었다.

 환도와 질스마리아의 대화는 문학과 철학에 관한 이야기에서 점점 사적이고 사소한 이야기로 옮겨갔다. 일하면서 힘든 이야기를 털어놓았고 서로를 격려하는 문자와 이모티콘, 시와 음악을 주고받았다. 지나가다 좋은 풍경을 보면 사진을 찍어 보냈다. 그러다 간간이 서로에게 감정을 표현하기 시작했다.

'리더님은 뭐하세요?'

'심란해서 아무것도 못 하고 있습니다.'

'왜 심란할까요?'

'제 감정이 어디론가 끌려가는 것 같습니다.'

'어디로 끌려간다. …… 그 방향이 어딘지 궁금하네요?'

'글쎄요. 마리아님일 수도 있겠고.'

그녀의 답변이 잠시 지연되었다. 그는 그녀가 거부반응을 보이면 적당하게 넘어갈 답변을 찾아보았지만 이내 떠오르지 않았다.

'항상 이런 식으로 살짝 발을 걸쳤다가 아니다 싶으면 뒤로 물러서는 스타일이신가요?'

'아뇨. 그렇지 않아요. 이런 말을 한 것도 처음입니다.'

'능숙하지 못해요. 거짓말이.'

'믿어주십시오.'

'그럼 이렇게 말해보세요. 내 마음이 가는 방향은 마리아다.'

괜히 섣부른 말을 꺼냈다가 일격을 당한 기분이었다. 그는 답변 대신 웃는 표정의 스티커를 보냈다.

'해보세요. 쑥스러우면 위에 내가 보낸 글을 복사해서 붙여보세요. 내 마음이 가는 방향은 마리아다.'

'내 마음이 가는 방향은 마리아다.'

그는 망설이다가 그녀가 시키는 대로 복사하여 붙여 넣었다.

'좋아요. 이제 리더님 마음을 살펴보세요. 방금 한 말이 진심인지 거짓인지.'

'마음이 가는 건 확실합니다.'

'마음이 생겨 그것이 말로 나오는 때도 있지만, 지금처럼 말을 해버리면 그 말이 마음이 될 때도 있어요. 인간은 언어의 노예입니다. 설령 리더님의 말이 본심이 아니었더라도, 리더님의 말에 욕망이나 의지가 담기지 않았더라도 그렇게 말하는 순간 그 말에 노예가 되는 겁니다.'

'저는 마음이 생겨 말로 나온 경우입니다.'

'아뇨, 아직 머뭇거리고 있어요. 좀 더 마음을 살펴보고 확실하다 싶으면 리더님이 무엇을 할 수 있을지 찾아보세요.'

'그럴게요. 진지하게.'

'진지해지려고 하는 순간부터 심각해지고 심각해지면 마음을 볼 수 없으니 가볍게 생각하세요. 세상에 어려울 게 뭐가 있겠어요. 사랑은 쉽습니다. 특히 방향 잡힌 사랑은.'

그녀의 태도는 그의 마음을 순순히 받아주는 것 같으면서도 장난으로 여기는 듯하여 밋밋하게 결론이 났다. 하지만 서로 깨어 있을 때는 대화가 끊이지 않고 이어졌다. 어떤 날은 서너 시간 대화에 집중했고 어떤 날은 잠시 틈이 날 때마다 대화를 이어갔다.

시간이 지나면서 대부분 사적이고 가벼운 이야기 위주로 대화를 나눴지만 때로는 처음과 같이 철학과 문학에 관한 이야기도 하였다. 그러다 밤늦게 글을 한편 보내왔다. 제목도 없었다.

 나는 멸망한 제국의 국경선 근처에 있는 공동묘지 끝에 지어진 오두막에서 자랐다. 좀도둑에서부터 사형수까지 범죄자들은 물론 가난하여 버려진 사람들의 무덤으로 시간이 지나면서 무너지고, 산짐승들이 파헤치고, 그 사이로 다시 새로운 무덤이 생겨 방치된 적군의 집단묘지 같았다.
 아버지는 전쟁에서 한쪽 다리를 잃은 절름발이였고, 어머니는 절름발이에다 말이 어눌했다. 사람들은 아버지가 도시에서 어머니를 주워왔다고 했다. 염장이였던 아버지가 빠르게 걸으면 누군가 죽었다는 신호였다. 연기를 보고 불을 감지하는 것처럼 사람들은 아버지의 발걸음을 보고 '왼발이 뛰네. 누가 죽었지?'라고 말했다.
 도시와 떨어진 조그만 마을이어서 아버지가 치러야 할 장례는 일 년에 대여섯 번밖에 되지 않았으나 장례를 중시하는 풍습 덕분에 상징성만큼은 그 누구도 부정하지 못했다. 다른 사람이 침범할 수 없는 무거운 상징이기도 했고, 조롱거리가 될 수 있는 가벼운 상징이기도 했다. 아버지는 무거움을 중시하고 가벼움을 외면했다.
 염장이 일로만 가족을 먹여 살릴 수 없었던 아버지는 이집 저집 돌아가며 잡일을 돌봤다. 새벽에 다른 일꾼들보다 먼저 도착하여 잡초를 뽑고, 농기구를 준비해주었다. 아버지가 받는 대가는 약간의 곡식과 뒤에서 밥 한 그릇 얻어먹는 게 전부였다. 때로는 앉아서, 때로는 엉거주춤 끼어서, 때로는 밥그릇을 들고 서서 후딱 먹어치웠다.

그런 아버지를 의식하는 사람은 한 명도 없었다. 일이 느리다고 비난하거나 재촉하지 않았고, 일이 없는 날 밥 한 그릇 먹었다고 눈총 주지 않았다. 머슴인 듯, 손님인 듯, 내 집인 듯, 아버지는 모호하고 불분명한 존재였다. 그럴 때 어머니는 아버지가 일하는 집 부엌일을 돌봤기 때문에 나는 혼자 집을 지켰다.

공동묘지는 정원이었다. 풀들이 자라나고 죽는 사계절이 분명했다. 흐린 날 밤에는 개천에서 올라온 습기가 풀 사이를 하얗게 기어 다녔고, 맑은 날 밤에는 반딧불이 춤을 췄으며, 비가 쏟아지는 밤에는 무덤 전체가 미친 듯이 날뛰었다. 나는 그런 변화를 즐겼다.

뜻밖의 주제로 흥미롭게 읽었다. 가상의 세계를 만들기 위해 멸망한 제국을 설정한 모양이었다. 공동묘지 묘사가 쉽지 않을 텐데 상상한 것인지 취재한 것인지 궁금했다. 특히 반딧불과 공동묘지·염장이·도깨비 춤 같은 이야기는 그녀뿐 아니라 요즘 사람들에게는 동떨어진 소재였다.

하지만 모든 세계를 그릴 수 있는 것이 소설이다. 미시세계가 장편이 될 수 있고 거대공간이 단편이 될 수 있다. 천 년 전 이야기도 천 년 후 이야기도 가능하다. 인간 공동묘지가 아니라 벌레들의 공동묘지 이야기라고 해도 이상할 것이 없다. 앞으로 이야기가 어떻게 전개될지 궁금했다.

'작품 전체를 보지 못해 자세히 말할 수 없지만 독특한 소재를 잘 묘사한 듯합니다.'

그는 짧게 읽은 소감을 보냈다.

'어젯밤에 불면에 시달리다 회까닥하여 보냈네요. 단 한 사람도 보여주지 않겠다고 다짐했는데.'

'좋은 글인데 널리 돌려봐야죠.'

'누구를 보여주기 위해 글을 쓰는 것이 아닙니다. 스스로 정화하기 위해 씁니다. 그냥 다른 세계에 대해 써 보면 좀 더 효과가 있을까 싶어 써 봤습니다. 그러니 삭제해 주세요.'

'걱정하지 마세요. 그런 문제는.'

'그리고 재주도 없어요. 로베르트 무질은 제국을 하나 통치하는 것보다 책 한 권 쓰는 것이 더 중요하다, 그리고 더 어렵다고 말했다는데 제 그릇은 마을 하나도 통치하지 못합니다.'

그리고 사라졌다. 그가 몇 마디 더 했는데 읽지 않았다. 걱정되었으나 기다리는 것밖에 달리 방법이 없었다. 아침에 인사를 핑계 삼아 메시지를 보내려 그가 보낸 메시지들이 마른 장작처럼 쌓여 있어 그만두었다. 다음날 오전까지도 소식이 없었다. 속이 탔으나 방법이 없었다. 다시 보내자니 집착하는 것으로 비칠지도 몰랐고, 그녀로서는 부담으로 느껴질지도 몰라 참았다.

'휴일은 잘 보내고 계시는지요?'

기다리다 못해 다시 메시지를 보냈다. 감정을 절제하여 앞에 읽지 않은 메시지는 전혀 신경 쓰지 않는다는 투였다. 그녀가 읽지 않았는데도 참았던 메시지를 보내서인지 마음이 좀 편해졌다. 이제 그녀가 읽든 답장을 보내든 될 대로 되라는 마음으로 다른 일에 집중하려 했으나 갑자기 그가 할 수 있는 모든 일이 사라진 느낌이었다.

'질스마리아님이 대화방을 나가셨습니다.'

다시 채팅창을 열었을 때 그녀는 탈퇴하고 없었다. 황당하고 어이가 없었다. 마치 뻔한 수법에 사기를 당한 것 같고, 놀림거리가 된 것 같았다. 어쩌면 그가 알고 있는 그 누구인데 얼굴과 이름을 감추고 장난을 친 것인지도 몰랐다. 그 생각을 하자 등골이 오싹했다. 하지만 그가 알고 있는 그 누구도 글을 그렇게 쓰는 사람이 없었다.

그녀와 대화를 나눈 채팅창을 바라보았다. 지나간 며칠이 환각처럼 느껴졌다. 우주 안에 환도가 특정하는 가상의 철수가 존재하지 않듯이 심연에 질스마리아는 존재하지 않는다. 존재하지 않는 것은 사유할 수도 사랑할 수도 없다.

그사이 조광현이 그림으로 읽는 디오게네스라는 제목의 포스팅을 올렸다. 지난해 디오게네스의 기이한 행동에 관한 포스팅을 올린 것 같아 검색해보니 그의 기억이 틀리지 않았다. 그러니까 같은 내용을 다른 방식으로 쓴 포스팅이라고 할 수 있었다.

첫 번째 그림은 '털 뽑은 닭을 플라톤에게 가져온 디오게네스'였다. 플라톤이 인간을 가리켜 '깃털 없는 두 발 동물'이라고 강의하여 박수를 받자, 강의실로 털을 뽑은 닭을 들고 들어가 "플라톤이 말한 인간이 여기 있다."라고 비난했다는 일화를 그린 작품이었다. 이어서 '램프를 들고 길을 걷는 디오게네스' '디오게네스와 소년' '알렉산드로스대왕과 디오게네스' '아테네 학당' '디오게네스와 플라톤' '디오게네스가 있는 풍경' 같은 그림과 해설이 있었다.

뜬금없이 벽지가 원래 회색이었나 하는 생각이 들었다. 그건 그렇고 벽지는 왜 사용하는 거지? 방한 때문인가? 그냥 페인트나 콘크리트로 사용해도 괜찮을 텐데. 유해물질 때문인가? 디오게네스는 벽지가 없는 둥그런 통 속에서 살았다지. 외국에는 벽지를 사용하지 않는 곳이 많다고 하던데 디오게네스의 정신이 깃들어서 그런가? 그건 아닌 것 같아. 그렇다면 밥그릇도 하나만 소유해야지. 디오게네스는 밥그릇 하나만 소유했었는데 소년이 손으로 물 떠먹는 것을 보고 지금까지 불필요한 물건을 소유했구나 하면서 그마저 집어 던졌다잖아. 조광현이 포스팅한 그림 중 '디오게네스와 소년'은 그걸 묘사한 그림이야.

그건 그렇고 그녀는 왜 탈퇴한 거지? 창작 글에 대한 부끄러움을 느낀 걸까? 뭐, 그럴 수도 있지. 신경 쓰지 말자. 조광현은 이번뿐만 아니라 같은 내용을 교묘하게 바꾸어 포스팅하는 것이 잦은 걸 보면 포스팅에 대한 욕망이 강한 사람이야. 그는 욕망을 실현하기 위해 욕망 없는 디오게네스를 들고 나왔군.

책상 정리를 한 번 해야겠어. 책과 커피잔·볼펜·샤프·이어폰·노트북·통장·카드까지. 이걸 보고 있자니 디오게네스가 살던 고대에서 물질이 만능한 현대로 순간 이동한 기분이군. 시간은 존재하지도 흐르지도 않는 영원한 현재일 뿐이다. 누가 한 말이지. 이런 말을 한 사람이 없었나. 그럼 내가 말한 것이 되나. 질스마리아는 누구이고, 윤지원은 누구일까? 어이가 없군.

그녀가 빠져나가고 혼자 남은 채팅창을 바라보고 있자니 청승맞으면서도 시간이 멈춘 것 같군. 이모티콘을 입력해볼까? 어라! 이모티콘을 입력하는 순간 멈췄던 시간이 흐르는 느낌이잖아. 그럼 이모티콘을 삭제해볼까? 어라! 다시 시간이 흐르는 느낌이잖아. 정말 시간은 내 행동에 따라 흘렀다 멈추기를 반복하는지도 몰라.

맞아! 존재하는 것은 영원한 현재뿐이야. 과거는 사라졌고 미래는 오지 않았으며 온다는 보장도 없어. 그럼 없는 거나 마찬가지지. 카다피는 정말 비참하게 죽었어. 그는 죽으면서 무슨 생각을 했을까? 시간을 과거로 되돌리고 싶었겠지.

그건 불가능하다는 것을 깨닫고 현재가 빨리 지나가길 바랐을 거야. 하지만 그가 마주하는 것은 영원한 현재인걸. 현재. 현재. 다시 현재……. 그 후로 리비아는 어떻게 됐지. 그의 근접경호원들은 모두 여자들이었다는데 그녀들은 어떻게 되었을까. 반군들에게 잡혀 강간당했을지도 몰라. 그냥 뒀겠어. 졸린 데 잠깐 눈을 붙일까. 아니야, 할 일이 남아 있어. 그런데 나는 왜 빈 채팅창만 바라보고 있는 거지.

심연에 머무는 것이 싫어 휴대폰을 놓고 잠시 산책하러 나갔다가 돌아와 저녁을 먹은 뒤에야 다시 심연에 들어갔다. 가입 신청자 명단에 질스마리아가 있었다. 그는 후다닥 승인했다.

'나 자신을 돌아다 볼 시간이 필요했어요.'

'영원히 탈퇴하신 줄 알았습니다.'

'리더님 탓이 아닙니다. 제가 힘들었으니까요.'

'언젠가 나한테 놀리냐고 물었죠?'

'그랬죠.'

'지금 대답해도 되나요?'

'그 대답을 듣기 위해 다시 왔습니다.'

'놀리는 것 아닙니다. 내 마음이 그때보다 좀 더 당신에게로 가 있습니다.'

잠시 침묵이 흘렀다.

'간절히 기다린 말을 듣게 되어 기분이 좋아요. 그런데 이런 내 마음, 본적도 없는 당신으로부터 그 말을 기다렸던 내 마음이 진솔한 것일까요?'

다시 침묵이 흘렀다. 멈춰진 채팅창에 지나간 대화들만 묵묵히 자리를 지키고 있었다.

'마음은 거짓말하지 않죠. 거울처럼 그대로 보이는 것이 마음입니다. 또 흘러가는 것을 잘라서 꺼낼 수도 멈출 수도 없지요.

나는 그런 내 마음에 복종할 것입니다. 그리고 따라가 보겠습니다. 따라가다 보면 그곳에 당신이 있을지 아니면 엉뚱한 곳에 다다를지 알 수 있겠죠.'

'나도 그래 볼까요? 내 감정을 관찰해볼까요? 어떤 변화가 일어나는지.'

'나를 믿고 잠시만 그래 주세요.'

'그런데 사실 내가 겁도 많은 여자입니다. 약간 이상한 변화가 일어나면 도망갈 수도 있습니다.'

'그러세요. 뒷문을 열어놓으세요. 우선은 내가 하루에 한 걸음씩 다가가겠어요. 확신이 들지 않으면 하루에 한걸음 물러나세요. 대신 돌아서지만 말고 뒷걸음질 치세요. 항상 내가 볼 수 있도록. 그러면 언젠가는 맞닿을 수 있을 겁니다. 당신이 원하지 않는 일은 일어나지 않을 겁니다.'

'조금 안심이 되네요.'

'윤지원이 본명 맞죠?'

'그게 무슨 상관이죠?'

'그래도……. 갑자기 본명이 알고 싶다는 생각이 드네요.'

'아무 의미 없습니다. 이름은 대상 속에 포함된 일부가 아니라 대상을 지칭하는 손가락과 같은 것입니다.'

'그렇군요. 현실에서 저를 가리키는 손가락은 김종수입니다.'

9

 환도는 그녀와 함께 베토벤의 교향곡 7번을 들었다. 서로 다른 공간에 있으므로 하나, 둘, 셋 하고 동시에 음악을 실행시키는 방식이다. 쉬운 팝송 같은 경우는 함께 따라 부르기도 한다.

 얼마 전 보리가 친절한 해설과 함께 포스팅했던 곡이다. 베토벤은 자신을 지칭하여, 인류를 위해 향기로운 술을 빚어 정신의 거룩한 취기를 베풀어주는 바쿠스라 했는데 그걸 대변하는 곡이 바로 교향곡 7번이라 했다고 한다. 또한, 어떤 철학자는 베토벤 교향곡 7번은 하나의 사물이라고 했다 한다.

 짧지만 명확한 소개였다. 이 곡이 어떤 상황에서 어떻게 작곡되었고 어떻게 초연되었는지는 알 필요가 없다. 어떤 철학자는 무슨 근거로 사물이라고 말했는지 따져 물을 필요도 없다.

 마찬가지로 서로 만나지 못한 그녀와 환도의 사랑이 가능한지 따져 물을 필요가 없다. 두 달이 지났는데도 서로에게 지치지 않았고 언어도 진짜 연인들처럼 친근해졌다. 한가지 그녀는 심연 운영에 참견하는 일이 잦아졌다.

 '심연의 규칙을 강하게 고쳐야 한다는 생각 안 해봤어?'

'무슨 말이지?'

'심연이 인문학을 보급하는 사회운동을 일으켜야 한다고 생각해.'

'너무 거창한 거 아냐?'

'그렇지 않아. 나는 심연과 같은 공간이 우리 사회의 인문학 붐을 일으키는 길잡이가 되어야 한다고 생각하거든. 그런 이유로 나는 처음부터 심연을 관심 있게 관찰했어. 제도권 인문학은 오염되고 이미 죽었어.'

'우리 심연은 지금으로도 충분한 역할을 하고 있다고 나는 생각해.'

'이건 등산동호회와 다를 바 없어.'

'그래? 방향을 이야기해봐.'

'좋은 글만 게시하도록 해야겠지. 수준 이하의 글은 즉시 삭제할 수 있도록 하고. 그리고 규칙을 따르지 않는 회원은 강제 탈퇴시켜야 해. 회원을 지금의 반으로 줄여도 좋아. 글을 공정하게 심사할 수 있는 심의위원회를 설치할 필요도 있고.'

'여기는 아마추어들이 노는 곳이야. 책 읽고 음악 듣고 영화 보는 것이 그냥 즐거운 사람들. 곁들여 인문학적 지식이 그리운 평범한 사람들이란 말이지. 전문적인 지식이 필요한 사람들은 그쪽으로 가면 돼. 요즘 무슨 연구소, 아카데미 이런 데 엄청 많아. 유튜브만 틀어도 전문 채널이 수백 곳이야. 저명한 대학교수들이 운용하는 곳도 많아. 우리는 그냥 상호 소통하기 위한 수단으로

인문학과 예술을 끌어들인 거야.'

'내가 주목하는 점이 바로 그 부분이야. 제도권 인문학은 전공하는 사람들끼리 자기 잘났다고 투쟁하거나 반대로 품앗이 하듯 서로 칭찬해주는 그런 곳으로 변질되었어. 정말 인문학에 갈증을 느끼는 일반인들은 배려하지 않아.'

'심연은 놀이터일 뿐이야.'

'동의할 수 없어. 이런 인문학 광장을 놀이터로 전락시키려 하다니. 그것도 리더가.'

'놀이가 별것 있어? 삶을 긍정하기 위한, 삶을 놀이로 만들기 위한 고급 수단이 인문학이라고 생각하는데. 매일매일 디오니소스 축제.'

'삶을 긍정한다는 것은 현실을 외면하는 도피일 수도 있어. 인문학마저 이 잔혹한 현실을 외면하고 도피하면 누가 직시할까?'

심연의 수준을 높여야 한다는 그녀의 말을 반대하는 것은 아니었다. 심연을 개설했을 때는 책과 관련된 글만 허용하다가 활성화를 위해 영화나 전시회, 뮤지컬 감상도 포함했다. 그러다 보니 접하기 쉽고 글쓰기 쉬운 그런 글들이 주류를 이뤘다.

'그건 다른 문제의 이야기고.'

'아무튼, 여기에 뛰어난 사람들 많아 몇몇을 선정하여 그들만 글을 쓰도록 하는 방법도 있어.'

'너무 나간다. 여기는 열린 공간이야. 그럼, 네가 공동리더 한 번 해볼래?'

순간적으로 그녀를 기쁘게 해주고 싶은 충동이 들어 그렇게 말했다.

'나?'

'그래.'

'기존 회원들의 반발이 심할 텐데?'

'공동리더 지정은 리더의 권한이야. 지금까지 한 번도 반발한 적이 없어.'

'그렇다 해도 의미가 없어. 모든 권한은 리더가 가지고 있던데.'

'공동리더에게도 권한을 부여하지 뭐.'

'그것도 좋은 방법이긴 한데 공동리더가 너무 많아서 중구난방 될 우려가 있지 않을까?'

'다른 공동리더를 해임하면 될 것 같은데. 물론 치밀한 작전과 절차를 걸쳐야겠지만.'

 판단력이 흐려졌는지 잠시 이성을 잃었다. 말을 해놓고 보니 뭐가 문제겠냐는 생각도 들며 자기 합리화를 하기 시작했다. 마침 공동리더 사이에 갈등이 커져 변화가 필요한 시점이었다. 사건을 촉발한 것은 그림자가 올린 심연 운영과 게시글에 대한 비난 글이었다. 최근 들어 문학이나 철학은 사라지고 영화와 관련된 글이 대부분이며, 그 또한 인터넷에 게시된 줄거리를 짜깁기하는 수준으로 규제가 필요하다는 요지였다. 질스마리아와 같은 의견이었다.

그림자의 글이 올라오자 반론이 많았다. 심연이 딱딱한 인문학 공간이 되는 것을 반대한다는 취지였다. 특히 영화와 관련된 글을 많이 올리는 은혜가 노골적으로 불쾌하다는 댓글을 달았다. 그러다 질스마리아가 처음으로 그림자를 지지하는 댓글을 달았다.

'전적으로 동의하는 글입니다. 예를 들어 누군가가 우리 심연에 글을 올리는 순간 최소한 천여 명 정도가 시간을 내어 읽습니다. 그러므로 글쓴이는 그 시간을 책임져야 합니다. 또한, 심연은 수준 있는 인문학 공간입니다. 이 상태로 내버려 두면 이것도 저것도 아닌 공간이 될 겁니다.'

질스마리아의 글에 용기를 얻었는지 린다와 가시나무가 동시에 지지하는 댓글을 달았다. 린다는 좋은 공간을 만들려면 어느 정도 통제해야 하고 회원들도 따라야 한다고 주장했고, 가시나무는 심연의 발전을 위해 건전하게 비판한 내용을 곡해하여 흥분하는 것은 옳지 않다고 적었다.

'리더님, 그림자님 글을 보면 나를 지칭해서 그런 것 같지 않아요?'

은혜에게서 채팅 메시지가 왔다.

'그럴 리가요. 전체적으로 하는 말이잖아요.'

환도가 말했다.

'활발하게 소통하는 것이 중요한 것 아닌가요? 이것저것 통제하고 까칠하게 굴면 누가 글을 올려요?'

'그렇긴 하죠.'

'어디 무서워서 글 쓸 수 있겠어요?'

'너무 민감하게 받아들일 필요 없어요. 그림자님은 심연에서 오랫동안 활동해 왔고, 애정이 있다 보니.'

'저는 더 애정 있거든요. 모르세요?'

'알죠. 알아요.'

'뒤에 가시나무님의 댓글도 꼭 나를 지칭한 것 맞죠?'

'아닌 것 같은데요. 그냥 그림자님의 글을 지지하는 글로 보여요.'

'내용을 잘 보세요.'

'그렇게 오해하기 시작하면 끝이 없어요. 서로 의견이 다를 수도 있잖아요.'

그때 곤란하게 가시나무로부터 채팅 메시지가 왔다.

'리더님, 은혜님 있잖아요. 왜 심연을 개판 만들려고 하죠?'

'그런 의도는 아닌 것 같아요. 은혜님이 영화를 좋아하다 보니.'

'내가 이제 서야 하는 말인데요. 가시나무님은 항상 내 글에는 댓글도 안 달고, 내가 인사해도 쌩까고 그러거든요.'

거의 동시에 은혜로부터 채팅 메시지가 왔다. 이럴 때 그는 변명을 해주든지 될 수 있는 한 양쪽 모두의 편을 들어줘야 한다.

'가시나무님은 문학이나 철학을 좋아하고 영화에는 관심이 없다 보니.'

환도가 말했다.

'은혜님은 영화가 무슨 큰 예술이나 되는 듯이 행동하는데요. 사실 웃기지도 않아요. 영화는 한두 시간 앉아 있으면 소화할 수 있지만, 책은 그렇지 않잖아요. 그리고 어떻게 문자와 영상을 비교할 수 있어요.'

가시나무가 말했다.

'있잖아요, 리더님, 가시나무님이 우리 몇몇이 친하게 지내는 것을 무척 질투하는 것 같아요.'

은혜가 말했다.

'그렇게 삐딱하게 보지는 말고요.'

환도가 말했다.

'책은 일 년에 한 권도 안 보는 것 같더라고요. 완전 뇌가 없는 수준.'

가시나무가 말했다.

'그래도 영화를 읽는 눈은 수준 있잖아요.'

환도가 말했다.

'그것도 대부분 다른 곳에서 빌려오는 내용이 많아요.'

가시나무가 말했다.

'우리 심연에서 열에 일곱은 영화 애호가일걸요.'

은혜가 말했다. 환도는 그쯤에서 대화를 마무리하도록 유도했다. 시간이 지나면서 그림자 글과 관련하여 논란은 가라앉았지만, 게시글이 급격하게 줄어들었다. 눈치를 보고 머뭇거리고 있는 것이 분명했다. 거기다 몇몇 공동리더의 돌출적인 행동도 문제였다. 특히 호야가 일부 회원들에게 마음에 들지 않는다는 이유로 경고의 메시지를 보내고 댓글로 비난하여 분위기를 어지럽혔다.

결국, 그림자가 심연의 혁신을 위해 공동리더 일괄사퇴를 주장했다. 그림자가 까칠한 부분은 있어도 글은 잘 써 지지층이 많은 편이었다. 공동리더 열 명 중 네 명은 찬성했고 여섯 명은 침묵했다.

공동리더는 가장 수준 있는 글을 올리는 심연의 주요 작가들이다. 그들이 움직이지 않으면 심연도 움직이지 못한다. 눈치 채지 못하도록 부드럽게 처리해야 한다. 환도는 공동리더 열 명에게 개별적으로 메시지를 보내 의견을 물었다. 찬성이 두 명 더 늘었다. 어쩔 수 없다는 듯이 전원사퇴를 승인하는 것으로 결정했다.

질스마리아를 공동리더로 임명하여 당분간 단독 공동리더 체제로 운영하기로 했다. 가시나무와 호야가 항의하는 메시지를 보내왔지만 무시했다. 어쨌든 상황이 환도와 그녀의 말대로 되었다.

걱정했던 것과 달리 그녀는 운영을 잘했다. 잘하는 것을 넘어 집착증을 보일 정도였다. 모든 글에 댓글을 달았다. 새로운 주제가 올라오면 이해가 쉽도록 자료를 찾아 댓글에 첨부했다. 자신의 지식을 모두 사용했고, 한계에 부딪히면 인터넷을 검색하거나 책에서 옮겨왔다.

그녀의 문장은 겸손하면서도 친절했다. 원글보다 더 자세한 댓글을 달 때조차 원글을 침해하지 않았고 배려했다. 그녀의 인기는 환도를 능가할 정도로 치솟았다. 남자들뿐 아니라 여자들도 그녀를 좋아하기 시작했다.

하지만 종종 성의 없는 글을 삭제하도록 요구하거나 그녀가 강제 삭제하여 반발을 샀다. 글을 판단하는 기준도 매우 주관적이어서 다른 회원들에게는 별문제 없는 글도 그녀의 눈에는 거슬리는 모양이었다.

미세한 불만이 쌓이더니 그녀를 반대하는 세력들이 나타나기 시작했다. 그에게 항의하는 메시지를 보내는 회원도 있었다. 특히 초기부터 활동해온 회원들은 가입한 지 얼마 되지 않은 질스마리아가 눈에 들어올 리가 없다. 그러던 하루는 그녀가 글쓰기와 관련하여 회원 전원에게 공지하는 게시물을 올렸다.

최초의 철학자 탈레스가 별을 관찰하기 위해 하늘을 보며 걷다가 웅덩이에 빠진 적이 있습니다. 그러자 하녀가 '자기 발밑도 보지 못하면서 하늘의 일을 알려고 한다.'라고 비웃었다고 합니다.

이 일화가 사실인지 거짓인지 모르지만, 철학을 공부하는 사람들을 조롱하는 말로 쓰여 왔습니다.

만약 저 하녀의 비웃음이 타당하다면 인간은 발밑만 바라보고 살아야 할 것입니다. 그러나 인간은 호기심이 많아 넘어질 줄 알면서도 하늘을 쳐다보았으며, 결국은 우주가 팽창한다는 사실은 물론 그 속도까지 알아냈습니다.

그런데 안타깝게도, 저를 비롯하여 회원님 대부분은 탈레스처럼 여유롭지 못해 마음 놓고 하늘을 볼 수 없어 틈틈이 심연을 통해 하늘을 엿보고, 또 같은 생각을 하는 친구분들과 소통하길 원합니다.

그러므로 우리 심연은 최소한 하늘을 보는 거울이 되어야 한다고 생각합니다. 물론, 여기서 하늘을 본다는 의미는 정말로 철학자가 되거나 우주의 비밀을 알아내려는 것이 아닙니다. 그저 책을 읽고 음악을 듣고 영화를 감상하는 아주 사소한 예술적 행위, 그러니까 우리 심연이 지향하는 아기자기한 소통을 말합니다.

하지만 올라오는 글들을 보면 아기자기한 소통은 고사하고 이게 글인가 싶을 정도로 실망할 때가 많습니다. 특히 일부 회원은 심연을 허접스러운 인터넷 게시판이나 낙서장으로 인식하는 듯합니다.

요즘은 이름 있는 문예지나 예술잡지도 천부 팔리면 많이 팔린다고 합니다. 그중에서 실질적으로 읽는 독자는 백여 명에 불과합니다.

반면 심연은 수천 명이 글을 읽습니다. 다시 말해서 심연은 이 나라에서 발행되는 그 어떤 잡지와 비교해도 뒤지지 않습니다.

그러므로 글 올리는 것을 신중히 해야 한다고 생각합니다. 글 쓰는 행위는 욕망에서 비롯되기 때문에 그만큼 위험이 따르게 됩니다. 그건 스스로 통제해야 합니다.

쓰레기는 글이 될 수 없어도 글은 쓰레기가 될 수도 있습니다.
공동리더 질스마리아 올림.

위험한 글이다. 특히 이 정도의 글은 리더가 써야 하는 글이다. 분명한 권한 침해다. 아무리 연인 관계라고 해도 이렇게 중대한 게시물은 리더가 게시하여야 한다. 그리고 쓰레기와 같은 표현은 심연회원들을 무시한 처사이고 심연을 혼란에 빠트릴 수 있는 불쏘시개다.

다행히 글이 올라오자마자 환도가 읽었다. 그는 즉시 글을 삭제하도록 메시지를 보냈다. 하지만 그녀는 삭제할 뜻이 없다고 분명히 말했다. 그 사이 50여 명이 읽었다.

'심연은 우리 사회의 기회라고 했지. 단순하게 생각하지 말고 또 하나의 사회운동으로 봐주면 안 될까? 그러려면 먼저 수준을 높여야 해. 약간의 불만은 감수해야 한다니까. 그냥 날 좀 믿어줘.'

'회원들을 불편하게 해서는 안 되지. 왜 자꾸 말썽을 일으키려고 하지?'

'말썽은 무슨 말썽. 나를 공동리더로 임명했으면 그만한 권한도 줘야지.'

'심연은 너나 내 것이 아니라 회원 모두의 것이야. 게시하고 싶으면 일단 삭제하고, 쓰레기와 같은 표현을 정화한 다음에 다시 올려. 우선 수정해서 나한테 먼저 보내봐.'

'안 지울 거야!'

그는 리더의 직권으로 강제 삭제했다. 그녀는 말없이 대화를 중단했다.

10

 그리고 사흘이 지났다. 그녀는 환도가 보낸 메시지를 읽지 않았고 심연에서 활동도 하지 않았다. 화가 많이 난 모양이라고 생각하고 며칠 더 지켜보기로 했다.
 그러는 동안 환도는 게시물에 댓글을 열심히 달았다. 요 몇 달간 글 올리는 회원들이 많이 바뀌었다. 대부분 글 쓰는 것에 한계가 있으므로 서너 달 바짝 쓰다 사라지는 회원이 많다.
 여느 때와 마찬가지로 심연에 접속하였는데 분위기가 이상했다. 매일 아침에 댓글을 달던 몇몇이 보이질 않았고 저녁에 은혜와 일대일 대화를 나눴는데 대화창에서 빠져나가고 없었다.
 문제를 파악하는 데 그리 오래 걸리지 않았다. 질스마리아가 활발하게 활동하는 회원 72명을 강제로 탈퇴시킨 뒤 가입을 차단한 것이었다. 평소 수준 떨어진다고 지적해 온 회원들과 잡담을 즐기던 회원들이었다. 안타까운 것은 환도와 친하게 지내는 사람들이 적지 않았다. 공동리더였던 은혜와 호야도 피하지 못했다.
 환도와 다툰 것 때문에 화가나 충동적으로 그랬는지 원래부터 마음을 먹었거나 계획된 것인지 알 수가 없었다. 당황한 그는 가입 차단을 푸는 것 외에는 아무 조치도 취하지 못하고 하루를 소비했다.

 회원들의 신상이 공개되지 않아 강제탈퇴 당하면 연락할 수단이 없다. 그가 즉시 차단은 풀었기 때문에 그들이 다시 가입을 신청하면 가능하지만, 자존심 상한 그들이 다시 가입신청을 하지 않거나 가입한다 해도 강제탈퇴 당한 것과 관련하여 논란이 많을 듯싶었다.

 심연을 국가로 본다면 이건 학살이다. 그녀의 학살은 인류 역사에 기록된 학살들과 별반 다르지 않다. 학살의 목적은 학살 자체다. 학살은 학살 외에 다른 무엇도 얻을 수 없다. 일시적으로 정적이 제거되고 공포가 짓누르겠지만 살아 있는 생물처럼 치유되고 되살아나는 것이 인간 공동체다.

 사실과 소문들이 뒤섞여 심연을 휩쓸었다. 측근 몇몇이 이른 시일 내에 사태를 수습해야 한다고 조언했다. 남아 있는 사람들의 마음을 달래어 동요를 잠재우고, 탈퇴 당한 사람들을 다시 데려오는 노력을 기울여야 한다고 했다.

 그날 열두 명이 재가입했다. 그들은 자기들이 왜 강제탈퇴 당했는지 해명을 요구했다. 환도는 자신도 모르겠다는 원론적인 대답만 했다. 다음 날 다시 여덟 명이 재가입을 했고 다음 날은 다섯 명이 재가입한 뒤 더는 없었다.

 재가입한 호야가 공동리더가 모두 강제탈퇴 시킨 것이라는 확신에 찬 댓글을 달았다. 환도는 침묵했다. 이어 그녀를 비난하는 댓글이 달리기 시작했다. 그녀도 침묵했다.

여론을 잠재우고 심연을 구하기 위해 어쩔 수 없이 그녀를 공동리더에서 해임하고 강제로 탈퇴 처리했다. 그래도 심연의 균열은 심해졌고 혼란 속으로 빨려 들어갔다. 수면 아래서 웅크리고 있던 다른 불만까지 솟아올라 뒤섞이기 시작했다.

비난의 화살은 당사자인 그녀보다 리더인 그에게 더 많이 쏟아졌다. 그의 우유부단한 태도를 조롱하는 소리가 들렸고, 뒤에서 그녀를 조종한 친위쿠데타라는 소문까지 퍼졌다. 변명할 말도 낯짝도 없었다.

스스로 탈퇴하는 사람들이 늘어나고 비난마저 지쳐버리자 심연은 쇠락해가는 도시처럼 조용해졌다. 침묵이 어둠 속으로 하얗게 깔렸다. 그는 무너져가는 제국을 지켜보는 왕처럼 무기력한 시간을 보내야 했다.

그녀의 마음을 이해해보려고 노력했다. 심연은 검증되지 않은 불특정 다수의 인원이 자유롭게 접속하여 글을 게시하고 댓글과 채팅으로 대화를 나누는 광장이다. 과연 그녀가 주장하는 것처럼 진지하고 수준 있는 인문학이 소통되는 공간이 되어 우리 사회에 영향을 미칠 수 있을까?

걷다가 은행나무 아래에 기댈만한 자연석이 있어 앉았다. 눈을 감았더니 까마귀 떼가 어지럽혀 놓은 흔적이 보였다. 하늘이 검다는 생각이 들었다. 하지만 눈을 떠보니 하늘은 파랬다. 검다와 파랗다가 헷갈렸다.

심연에 접속했다. 건너편에 소나무 숲 사진을 찍어 린다의 게시글에 댓글로 올렸다. 그런대로 잘 찍은 사진이라 심연 속에 숲이 하나 만들어진 느낌이었다.
 '어디세요?'
 그가 올린 사진을 봤는지 린다가 물었다.
 '잠깐 나왔습니다. 산책.'
 '소나무 냄새 맡은 지가 너무 오래된 것 같아요. 어렵지도 않은 일인데 말이지요.'
 '사진에서 솔향이 나는 것 같지 않나요?'
 '약간 풍기는 것 같네요. 산책마무리 잘하세요.'
 그녀와 대화를 끝내고 가입 신청자 명단을 보니 세 명의 가입 신청자가 있었다. 신청할 때 간단하게 자기소개하는 글이 있는데 스테판이라는 여자가 자신이 질스마리아라고 고백했다.
 '내가 쓴 글들을 삭제하고 다시 탈퇴하려고 신청하였음.'
 그는 가입을 승인했다.
 '별일 없지?'
 가입 승인 후 안부를 물었다.
 '나야 뭐. 심연에서 벗어나 홀가분하게 지내고 있지.'
 '그렇다니 다행이다.'
 '그날 밤, 그런 생각이 들더라. 다 쓰레기라는 생각 말이야. 쓰레기를 치워야 심연이 산다는 생각밖에 들지 않더라고, 그런데 소용없는 짓이었어. 내 꿈이 컸어. 착각한 거지.'
 '네 꿈은 이해하는데 네가 한 행동은 아직 이해가 안 되네.'

'그렇겠지. 시간이 지나면 좀 더 좋은 공간이 될 거야. 나는 지금도 나를 믿어. 대신 네가 좀 추슬러야 할 거야.'

'그냥 두면 알아서 회복되겠지. 심연 자체로 생명력이 있어.'

'그렇지 않아……. 네 지도력을 발휘할 때야.'

'당분간 공동리더 없는 체제를 유지하려고.'

'그건 알아서 하고. 아! 그리고 지난번 소설 뒷부분 좀 더 썼는데 보내줄게. 안 보내려다가 그냥 보내주는 거야. 글은 글이니까 글로 봐줘. 너에게만 보여주기 위해 쓴 글이니까 읽고 삭제해줘.'

'읽어볼게. 대신 탈퇴하지 말고 있어 줘. 네 글 다 지우면 사람들은 스테판이 마리아인 줄 모를 거야. 다시 가입해줘서 고마워, 강제 탈퇴시킨 거 후회했어.'

불행은 외부에서부터 시작되었다. 십 년 전쟁이 끝나고 도시는 대부분 폐허가 되었다는 소문이 돌았다. 굶주림에 지친 도시 사람들이 마을로 몰려들기 시작하더니 전쟁까지 따라왔다.

시체들이 너무 많이 쌓이다 보니 오히려 염장이가 필요 없게 되면서 우리에게도 굶주림이 덮쳤다. 아버지는 군수공장으로 끌려가 마을에서처럼 뒤치다꺼리하다가 감독관에게 맞아 죽었다. 아버지 시체는 시궁창에 버려졌고, 목 놓아 울던 어머니는 사흘 만에 죽었다. 나는 두 분의 장례식을 치르면서 세상에 말했다. 언젠가 다 갚아주겠다.

도시는 소문보다 더 형편이 없었다. 거리와 시궁창에는 죽어간 시체들이 썩어 해골과 뼈가 나뒹굴었다. 내 또래 아이들은 대부분 구걸로 하루에 한 끼 정도 때웠지만, 나는 도둑질을 하면 했지 구걸은 하지 않았다.

하루는 도시 외곽 통나무집을 털기 위해 들어갔다. 누군가가 어둠을 더듬는 나를 번쩍 들어 올렸다. 누구냐 너는? 그가 불을 켰는데 나보다 세 배는 커 보이는 남자였다.

그는 사형집행자였다. 전쟁포로나 국왕에게 불만을 품은, 불만을 품었다고 누명을 쓴, 권력다툼에서 밀려난, 더러는 강간을 했거나 도둑질을 한 자들의 목숨을 거두는 것이 그가 하는 일이었다. 그는 내 사정을 알고 주먹밥을 주며 보내주었다.

나는 이튿날 그에게 찾아가 조수를 자청했다. 그는 여자인 내가, 조수가 되겠다는 말을 주먹밥 하나 더 얻어먹으려는 수작으로 여겼다. 나는 매일매일 찾아가 잡일을 도왔다.

수년간 가뭄을 겪으면서 민심이 흉흉해졌고, 국왕은 불안했다. 민중들의 여론을 돌릴 수 있는 구경거리가 필요했다. 나는 국왕에게 여자 사형집행자야말로 좋은 구경거리가 될 것이라는 편지를 썼다.

국왕은 즉시 나를 사형집행자로 임명했다. 내가 맡은 첫 번째 사형은 무기를 빼돌린 군수공장 감독관이었다. 아버지와 어머니가 죽었을 때 언젠가 다 갚아주겠다고 세상에 말한 첫 번째 실천이었다.

형장을 보수하는 망치 소리가 나자마자 시민들이 좋은 자리를 잡기 위해 몰려들었다. 이미 여자 사형집행자에 관한 소문이 퍼져 전쟁보다 더 큰 뉴스거리가 되어있었다. 전임자가 사형 집행할 때보다 세 배가 넘는 군중이 모여들었고 국왕도 직접 참관했다.

사형수란 죽음보다 죽음을 기다리는 시간이 더 고통스럽기 마련이었다. 그러므로 내가 그를 위해 해줄 수 있는 것은 일찍 보내는 것뿐이었다. 하지만 나는 그럴 생각이 없다.

오히려 잔혹한 방법으로 사형을 집행하여 군중들로부터 인기와 증오를 동시에 끌어내기로 했다. 사형수를 회전판에 묶어 뼈를 탈골 시키고 발목을 부러트리고 불에 달궈진 쇠꼬챙이로 살을 태웠다.

군중들 사이에서 야유와 빨리 죽이라는 고함이 들리기 시작했다. 목은 단번에 쳐야 강한 인상을 남기고 인기를 얻을 수 있다. 하지만 생각이 앞서 실수를 했다. 칼을 너무 높이 겨냥했고 그가 갑자기 목을 움츠렸다.

한 번 엇나가기 시작하면 두 번 세 번 엇나가기 마련이다. 마지막 칼이 뒤통수에 맞아 머리가 쪼개졌다.

국왕은 나약하고 우유부단한 자였다. 열 명의 장관들에게 둘러싸여 조종당하는 꼭두각시였다. 그 사이에서 인문학과 예술을 먹고 살아야 하는 민중들은 늘 굶주렸다.

나는 혁명을 계획했다. 목적을 이루기 위해 기꺼이 국왕의 침대 위에 올라갔고 그가 나를 마음대로 조롱하도록 했다. 그는 여자를 조롱하면서 쾌락을 얻는 인간이었다. 그는 곧바로 나에게 취했고 나는 그런 그를 조종해 장관들을 모두 해임하고 나를 국왕의 권한을 모두 가진 이인자로 임명토록 했다.

국왕은 점점 정치에 무관심한 채 내 몸만 탐했다. 그사이 나는 국가를 좀먹고 예술의 수준을 떨어트리는 인간 72명을 추방하거나 참수했다. 민심은 더 안 좋아졌고 우유부단한 국왕은 안절부절못했다.

나는 내란을 부추겨 국왕을 체포해 사형대에 세웠다. 민심을 단숨에 잠재우고 흩어진 권력을 집중시킬 기회라고 생각하고 형장을 무대로 만들었다.

춤사위를 펼쳤다. 내 몸이 없는 듯 가벼워졌다. 축을 이루고 있는 양발에 힘의 균형을 다시 조절했다. 다리에서부터 미세한 떨림이 전해져 왔다. 장단이 빨라지기 시작했다.

심호흡하고 칼을 몸 앞으로 뿌린 뒤 회수하여 단칼에 국왕의 목을 쳤다. 함성이 광장을 흔들었다. 사형수의 피가 불치병에 효험이 있다고 믿는 군중들이 앞으로 밀려 나왔다. 천에 피를 묻히려는 사람, 컵으로 피를 받으려는 사람들이 아우성들이었다. 나는 국왕의 머리를 들어 군중들을 향해서 휘둘러 피를 뿌렸다.

지난번에 보내준 글에서 이어진 후속 이야기였지만 방향을 틀어 심연과 환도를 끼워 넣어 조롱하고 있었다. 환도는 웃음이 나왔다. 하지만 그녀 말대로 글은 글이다. 평소 그녀의 정신세계가 다르다는 것은 알고 있었지만 이런 글이 나올 것이라고는 상상하지 못했다.

  그래도 다행인 것은 아무리 감정적인 상태라도 일단 글로 쓰면 객관화가 된다는 것이다. 그녀가 이런 글을 썼다는 건 이번 사태를 객관적으로 인식했다는 뜻이다. 환도 또한 이번 사건을 객관적으로 인식할 필요가 있다는 것을 깨달았다. 그녀에게 칭찬 위주의 평가를 보낸 뒤 탈퇴하지 말고 숨어 있어 달라는 부탁을 다시 한 번 했다. 그리고 이번 사태와 관련하여 회원들에게 당부하는 게시물을 작성했다.

  인간이 위대한 것은 이야기를 만들 수 있다는 것입니다. 인간이 만드는 예술과 학문은 물론, 일상적인 삶마저 이야기에 기반을 두고 있습니다.

  제가 지금 게시판에 글 올리는 행위 또한 이야기입니다. 제가 여러분께 이야기하고 싶은데, 일일이 찾아다닐 수 없으니 글로 대신하는 것입니다.

  이런 이야기를 주고받는 것을 우리는 대화라고 합니다. 즉, 제가 글을 올리고 여러분이 표정을 누르거나 댓글을 달면 완전한 대화가 이루어지는 겁니다.

  이야기는 치유의 수단이 되기도 합니다. 모든 슬픔을 이야기로 만들거나, 이야기로 할 수 있을 때 우리는 견딜 수 있다고 했습니다. 이토록 이야기는 위대한 것입니다.

그런데 말입니다. 인간의 본질은 이야기를 듣는 것보다 하는 것을 더 좋아합니다. 여러분도 마찬가지일 것입니다. 그러니, 이제 제 이야기만 듣지 말고 여러분의 이야기도 좀 들려주십시오.

늘 드리는 말씀이지만 재주는 필요 없습니다. 어떤 예술 작품을 보고 느낀 그대로 적으면 그 자체로 또 하나의 독창적인 이야기가 만들어지는 것입니다. 우리는 전문가가 아니므로 틀릴 수도 있고, 잘못 읽을 수도 있습니다. 그냥 주섬주섬하시면 됩니다. 말더듬이의 이야기도 진지하게 들어 줄 인내심이 있습니다.

오히려 서투름이 새로운 해석이 될 수도 있고, 주체적인 내 생각이 될 수도 있습니다. 그러니 주저하지 마시고 우리 '심연'의 작가가 되어주시길 바랍니다.

환도 올림

변명은 하지 않았다. 무슨 일이 있었고 어떻게 처리했다는 해명도 하지 않았다. 아직 리더가 살아 있다는 것을 인식시켜주고, 앞으로도 글로 말하자는 취지의 글을 썼다.

11

 질스마리아를 현실로 불러들여 만나봐야 할 것 같았다. 그녀의 허상을 붙잡고 사랑 타령을 할 수만은 없는 노릇이었다. 환도는 만나야 하는 이유를 장황할 정도로 열거하여 쓴 편지를 보냈다.

 그녀는 즉시 거절했다. 심연에서 좋았던 일과 갈등으로 나빴던 일은 언급하지 않고, 오로지 자기 내면을 훔쳐본 사람과는 만나지 않겠다고 말했다.

 그녀가 환도에게 보여줬다고 하는 내면이란 주고받았던 대화와 감정이 아니라 그 짧은 소설이라는 이해할 수 없는 말을 했다. 그러니까 현실에서 그를 만날 것으로는 생각하지 못했기 때문에 소설을 보여줬다는 것이다. 그는 그냥 하는 말로 치부하고 다시 설득했다.

 그녀는 단 한 번이라는 조건을 달고 약속을 정했다. 하지만 둘은 무엇에 홀린 것처럼 만나자마자 부둥켜안았다. 온라인이라서 남아 있던 미묘한 장벽이 무너지는 것은 순식간이었다. 그녀는 낯선 존재를 받아들이는 것에 대한 경계심과 원하는 것을 갖고자 하는 욕망이 뒤섞여 약간의 혼란을 일으켰지만, 그것마저도 잠깐이었다.

그는 왜 그녀를 욕망하는지 그녀의 무엇을 욕망하는지 알지 못했고 알 필요도 없었다. 그녀 또한, 왜 그를 욕망하는지 그의 무엇을 욕망하는지 알지 못했고 알 필요도 없는 듯했다. 사랑이 어떻고 따질 이유도 없었고 따질 틈도 없었다.

"마치 육체를 파먹히는 듯한 멋진 섹스였어."

그녀의 말에 용기를 얻어 한 번 더 그리고 다음 날 그리고 또 다음날, 마치 막혔던 물길을 터놓은 것처럼 그녀를 안았다.

그녀를 만나기 전 그는 삶을 비관적으로 진단하였으므로 사랑도 비관적이었고 쾌락도 비관적이었다. 사랑을 통해 얻을 수 있는 것은 불신이고 쾌락을 통해 얻을 수 있는 것은 허무라고 생각했다.

하지만 그녀를 사랑하게 되고 육체를 통과하면 통과할수록 그런 생각들이 변하기 시작했다. 그 자신은 물론 세상 사람 모두가 착해진 것 같았고, 흐린 날조차 밝게 느껴졌으며, 모든 사물의 색들이 분명하게 보였다.

그녀는 변덕을 자주 부렸다. 만나기 전에 문자로 밥 먹고 모텔 가자고 했다가, 차에 올라탄 뒤에 그냥 모텔에서 시켜 먹자고 했다가, 차가 모텔로 향하던 중에 그냥 김밥 두 줄 사 들고 가자고 하는 식이었다.

환도는 한 번도 변덕 부린다고 투정하지 않고 받아주었다. 만나기 전에 밥 먹고 모텔 가자는 문자를 받았을 때 분명 만나면 달라질 것이라는 걸 알면서도 밥 먹고 모텔 갈 마음의 준비를 했다.

"결혼한 적이 있어."

두 달이 지나고 유난히 변덕을 부리던 날 그녀가 말했다.

"그랬어?"

"이혼한 지 5년이 넘었네."

"일찍 결혼했었구나."

알몸으로 누워있던 그녀는 침대에서 내려와 냉장고에서 물을 꺼내 들고 바닥에 앉았다. 그도 그녀 앞에 앉았다.

"다른 할 말이 있어 말을 꺼낸 거야. 그 누구한테 하지 못하고 가슴에 품고 살려니 터질 것 같아서. 그리고 너한테는 말해야 도리일 것 같기도 하고."

"나는 괜찮으니까 신경 쓰지 않아도 돼. 무슨 일이 있었는지는 몰라도 오히려 네가 이혼했으니까 나한테 올 수 있었구나 하는 생각이 드는걸."

"나한테 언니가 있어. 삼분 먼저 태어난……. 일란성 쌍둥이 알지? 한 개의 난자에 한 개의 정자가 둘로 나뉘어 생긴다는 거? 그러니까 이 둘은 같은 사람이라고 볼 수 있어. 유전자정보가 같으니까. 그래서 생김새가 똑같고 성격도 같아. 현실에서 성격이 약간 다른 건 태어난 이후 환경적인 이유 때문이야……."

"언니하고 너하고 일란성 쌍둥이라는 거지?"

"응."

"지금 어디 계셔? 언니?"

"감옥에 있어."

"감옥? 무슨 일이 있었는데?"

"육 년 전에 신문에 떠들썩했던 살인사건이 있었어. …… 힘드네. 말하기가."

"그럼 말하지 마."

"아니야. 가슴에 담고 있는 것이 더 힘들어. 할 거야. 나는 잘못한 게 없으니까. 나는 당당하게 살 권리가 있으니까. 생명 보험을 노리고 남편을 죽인 사건이야. 내연남하고 공모하여 교통사고로 위장한 사건. 그 주인공이 내 언니야."

그녀는 말을 마치고 물병을 만지작거렸다.

"아! 그런 일이."

"언니는 실수로 또는 순간 이성을 잃어 사람을 죽인 게 아니야……. 철저하게 계획하여 죽인 거지. 그런데 그것뿐이 아니야. 그 사건을 수사하던 중 미수사건까지 발견되었어. 결혼 전 사귀던 애인. 죽이지 못했지만, 불구로 만들고 보험까지 탔더라고. 사귀기 전부터 계획하고 어눌한 남자를 골랐더라고. 다시 말하여 언니는 본래 악마인 거지……. 나하고 DNA가 같은 언니, 본성이 똑같은 언니가 그런 사람이야."

"자기 비하를 위한 억지 논리 같은데?"

"더 들어봐. 언니와 내가 같다는 사실을 부정할 수가 없는 증거가 보이는 거야. 첫 번째가 뭔지 알아? 바로 내 글. 나는 작가가 되려고 글을 쓰고 있었거든. 습작한 내용을 들여다보니 거의 모두가 주인공이나 주변인들이 죽이는 내용인 거야. 그것도 잔인하게. 너무 놀라 다 없애버렸어. 그리고 더는 글을 쓰지 않기로 했지."

"글은 글일 뿐이야."

"좀 더 들어보라니까. 무조건 좋은 쪽으로 말하려고 하지 말고……. 결정적인 사건이 있었어. 그때 나는 결혼한 상태였어. 다행히 남편은 좋은 사람이었고, 우린 사랑했지. 그 사람도 너처럼 나를 위로했어. 그는 여전히 나를 사랑했으니까. 맞아. 나를 사랑했어. 나도 그를 사랑했고. 사실, 지금도 그 사람이 문득문득 그리워."

그녀의 눈에 눈물이 맺혔다. 환도는 그녀의 손을 잡아당겨 품에 안았다. 땀이 식어 거칠해진 두 몸이 엉켰다. 침대로 올라가 다시 섹스한 뒤 그녀는 말을 이어갔다.

"다행히 시댁 식구들 모두 외국에 있어서 한국에서 일어나는 살인사건에는 관심이 없었지. 남편이 그들에게 말을 안 하니까 알 수가 없지. 그러던 중 임신하게 되었어. 왜 그런지 우울증이 몰려오더라. 너무 우울하더라고. 어느 날 무서운 생각이 드는 거야. 이 아이도 같은 유전자를 가지고 태어날 것이라는 생각 말이야. 그 생각이 떠나질 않는 거야. 그 아이가 커서 살인자가 될지도 모르겠구나. 하는 무서운 생각."

그녀는 담배를 연거푸 세 개비 피우고 물도 한잔 마셨다.

"남편한테 말하지 않고 병원에 달려가 수술했어. 그것도 부족하여 아예 아이를 갖지 못하도록 자궁을 들어냈지. 그런데 그 사실을 안 남편이 뭐라는 줄 알아? 너는 살인자야 그러는 거야. 남편의 말을 듣고 나서 그 말이 틀리지 않다는 것을 깨달았어. 맞잖아. 내가 아이를 죽인 거잖아. 내 생각이 내 두려움이 괜한 걱정이 아니었던 거야. 나는 본래 언니와 같은 사람이었던 거지."

"그래서 이혼한 거야?"

"응. 남편은 이혼해 주지 않으려 했어. 우울증 때문이니까 치료부터 받으라고 했지. 그런데 내가 고집을 안 꺾은 거야. 그리고 숨어 살았어. 개명도 하고, 집 나올 때 남편이 돈을 좀 줘서 지금 사는 오피스텔을 산 거야. 3년 정도 지난 뒤 학원에 취직했어. 그런데 글쓰기 충동을 못 이기겠는 거야. 마약 중독처럼. 그래서 내 글이 아닌 포스팅을 쓰게 되었고, 거기에 적당한 심연을 발견한 거야. 그런데 너를 만나고부터 자꾸 내 글을 쓰고 싶다는 생각이 들더라. 생각했지. 현실과 동떨어진 아주 다른 이야기를 쓰면 달라질지 모른다고. 너한테 처음 보낸 부분까지는 그런대로 괜찮았는데 더 쓸 수는 없었어."

"왜?"

"사실 거기까지도 정상은 아니잖아. 무대는 공동묘지고 염장이가 등장하고. 그러던 중 문제의 그 날 밤 내 속에 숨겨진 충동이 그들을 강제 탈퇴시키게 된 거야. 사실 그건 현실에서의 살인 충동 같은 거로부터 시작되었어. 그 뒤로 네가 나를 대하는 태도에 분노하여 다시 글을 썼는데 사형집행자가 만들어진 거고. 처음 사형집행자가 떠올랐을 때 놀랐지만 멈추지 않았어. 그래 글인데 뭐, 써보자 하는 마음으로 거기까지 쓴 거야."

환도는 그날 그녀가 72명의 회원을 탈퇴시킨 것과 관련하여 심연을 국가로 본다면 학살이라고 생각했던 것이 떠올랐다. 그리고 그녀의 말대로 글을 쓸 때마다 자연스럽게 살인과 관련한 이야기가 써진다면, 충동적으로 아이를 유산시켰다면 그녀의 걱정이 괜한 것만은 아니라는 생각이 들기도 했다.

"그래서 하는 말인데 나하고 약속해줘."

"뭐든지 말해."

"우린 합의를 해야 해."

"어떤?"

"우리는 서로 자유로워야 해. 그래야 마음이 편할 것 같아. 마음이 편하면 충동을 억제할 수 있거든. 그리고 너에게 어떤 피해도 주고 싶지 않아. 그게 우리가 합의하는 이유야."

"알았어."

"내가 제시할 테니 만약 동의하지 않는 부분이 있으면 말해."

"알았어."

"첫째 서로 사랑하되 소유하지 않는다."

"좋아."

"둘째, 만약 사랑하지 않게 되면 상대에게 즉시 말한다."

"좋아."

"네가 아이를 갖고 싶다면 언제든지 말하고 떠날 것이며, 나는 즉시 보내준다."

"나도 아이를 좋아하지는 않아."

"그냥 동의하는지만 말해. 경제적으로 의지하지 않는다. 즉 경제적으로 서로 독립한다."

"좋아."

"셋째, 다른 사람 만나는 것을 허용한다."

"그것도 소유하지 않는다는 것에 포함될 수 있으니까 반대할 이유가 없지."

"네가 추가할 거 있으면 말해."

"만약 상대방과 결혼하고 싶은 마음이 있으면 말은 해본다. 그러나 상대가 거절하면 더는 강요하지 않는다."

"동의해."

그녀는 자신의 비밀을 털어놓아서 그런지 서로에게 자유롭도록 합의해서 그런지 심리적인 안정을 보였다. 그와 그녀는 어떤 때는 일주일에 사오일, 어떤 때는 일주일 내내 그가 모텔에서 퇴근하는 아침에 만나 그녀가 학원에 출근하는 오후까지 함께 보냈다. 만나서 밥을 먹고 모텔에서 서너 시간을 보내다 헤어지는 것의 반복이었다. 그런데도 그녀는 그 틈을 이용하여 영어 선생을 만나 이 지경에 이르게 된 것이다.

나의 표상(表象)이다

1

 하천 둑길을 걸었다. 까마귀 떼가 스치고 지나갔고, 가로수 그림자가 내 몸을 덮고 또 덮었다. 한참을 걷자 하천 둑 위에 무당집인지 사찰인지 알 수 없는 단층건물이 있었다.

 벤치가 있어 앉았다. 의식이 혼탁한 상태에서 잠시 시간이 흘렀다. 바람 소리가 들린다. 바람 소리가 외부에서 들리는지 내부에서 들리는지 명확하게 구분되지 않았다.

 무당집인지 사찰인지 알 수 없는 집에서 구슬픈 목탁 소리가 들렸다. 내가 듣고 있는 바람 소리는 외부에서 들리는 것이 아니라 내부에서 들리는 소리라고 일깨워주는 것 같았다.

 심연에 접속하여 새로운 게시물을 확인하고 빠져나왔다. 나는 늘 심연과 현실 중 중심이 어디인지 어느 쪽이 더 무거운지 알 수 없었다. 그러므로 심연에서 현실로 이동하는 행위를 심연에서 빠져나왔다거나 현실로 돌아왔다는 표현을 사용해서는 안 될 것이다. 그래도 된다면 심연으로 들어갔을 때는 현실에서 빠져나왔다거나 심연으로 돌아왔다는 표현을 사용해야 할 것 같았다.

 그 생각이 확장되어 '나는 누구인가, 나는 어디에 존재하는가?'

하는 의문이 들었다. 현실에서 나는 김종수다. 나이는 서른다섯으로 철학박사를 꿈꾸었으나 시작도 못 하고 포기했다. 글도 마찬가지다. 작가가 되려고 습작도 하고 여기저기 응모도 해보았으나 한계를 깨닫고 심연에서 잡문이나 쓰고 있다.

반면, 심연에서 나는 김종수가 아니라 개설자이자 리더인 환도이다. 회원들은 나를 40대 후반 정도로 알고 있다. 심연회원 대부분이 사오십 대이다. 특히 글을 가장 많이 쓰는 주류들은 50대다. 리더가 30대라면 통제하는 것이 힘들 것 같아 이미지를 그렇게 세탁했다.

환도와 김종수는 삶 자체는 물론 생각과 성격마저 다르다. 김종수는 모텔 파수꾼으로 주변에 드러나 있지 않고 때로는 양아치나 손님들에게 무시당하는 존재이지만, 환도는 심연의 리더로 회원 모두에게 드러나 있고 존경을 받는다. 김종수는 비관적이며 타인과 함께 하는 것을 경계하여 늘 친구가 없지만, 환도는 긍정적이며 타인과 함께 하는 것을 즐기어 심연의 회원 모두가 친구다.

심연의 세계와 현실의 세계는 분리된 세계다. 심연의 세계는 환도의 세계이고, 현실의 세계는 김종수의 세계이다. 이 두 세계는 합해질 수 없고 합해져서도 안 된다. 두 세계는 차원이 다른 세계로, 심연에 있는 물질이나 정신을 현실로 가져올 수 없고 현실에 있는 물질이나 정신을 심연으로 가져갈 수도 없다.

특히 두 세계를 연결할 위험이 있는 사람이 두 세계에 동시에 존재하지 않았다. 그러니까 심연에서 알게 된 사람은 현실에서는 존재하지 않았고 현실에서 알게 된 사람은 심연에 존재하지 않았다.

 이토록 견고하게 분리한 두 세계의 벽이 지원으로 인하여 무너진 것이다. 심연에서 사적인 감정으로 그녀를 공동리더로 임명한 것을 넘어 현실 세계로 불러들여 함께 침대로 올라간 순간 돌이킬 수 없게 되어버렸다. 그녀는 내 연인이기도 하였지만 두 세계를 분리한 장막을 붕괴시킨 폭발물이기도 했다.

 그날 빌라 옆에서 그녀를 떠나보내고 무한한 시간이 지나간 기분이다. 그녀는 이미 기억해야만 존재할 수 있는 대상이 되어버렸다. 끝장난 사랑은 아무리 뒤집어 돌려봐도 삼류 영화만 못하다.

 그 후로 자주 걷는 버릇이 생겼다. 내 발걸음만큼 그녀를 지울 수 있을 것이라는 기대 때문이었다. 주로 하천과 시내 골목을 걸었는데 때로는 옥상에서 원을 그리며 걸었다. 더운 날씨에다 콘크리트에서 나오는 열기까지 더해져 백 바퀴만 돌아도 흠뻑 젖었다.

"웬일이야?"

식당에서 밥을 먹고 나온 양아치가 말했다.

"운동하면 죽는 사람인 줄 알았는데?"

"심심해서 걷는 거예요."

"올해 휴가 다 소진하래."

"휴가요?"

"그래. 너 올해 휴가 하루도 안 갔잖아. 올해부터 연가보상비 못 준대. 그러니까 그냥 쓰래. 연말에 몰아 쓰지 말고 틈틈이 써."

말 나온 김에 이틀간 휴가를 가기로 했다. 이틀이지만 아침 일곱 시에 퇴근한 첫날과 저녁 일곱 시에 출근하는 마지막 날 낮까지 포함하면 2박 4일인 셈이다.

마땅히 갈 데는 없다. 지난 5년간 모텔과 목욕탕 종업원들하고만 접촉하고 살았다. 친구든 친인척이든 과거에 알게 된 사람 중에서는 동생 지수를 두 번 만난 것이 전부였다. 나 나름대로는 숨는다고 숨었는데 지수가 찾아낸 걸 보면 전문업체에 의뢰한 모양이었다. 그리고 새로 알게 된 사람은 지원이 처음이자 마지막이다. 그만큼 모텔 파수꾼은 완벽한 고립을 실현할 수 있는 적당한 직업이다.

식당으로 들어갔다. 탁자 위에는 김치와 나물 몇 가지가 놓여 있었다. 밥 한 그릇을 퍼 식탁에 앉자 마침 들어온 보일러공 아내가 국을 데워준다.

"휴가라며?"

"네."

"그런데 왜 여기 있어?"

"어디 가려고 낸 게 아니거든요. 그냥 좀 쉬려고요."

"그래. 쉬어. 밤일 그거 못써. 대충하다 그만둬. 아무리 젊어도 그렇지 완전히 몸 망가지는 일이야."

"괜찮아요. 아직은 괜찮은 것 같아요."

"그게 금방 표시 나는 줄 아니? 속으로 망가지는 거야."

"어떻게 되겠죠. 잘 먹었어요."

심연에서는 '내 인생 최고의 여행지 소개하기' 행사가 진행 중이었다. 내 인생 최고의 문장을 시작으로 최고의 책, 최고의 영화, 최고의 미술, 최고의 음악을 거쳐 마지막으로 최고의 여행지를 소개하는 행사였다.

예술 작품이 아닌 여행지를 포함한 것을 두고 심연의 수준을 떨어트린다는 불만이 있었다. 리더인 나는 창문을 열어 집안을 환기하듯 심연도 환기가 필요하다고 말했다.

문득 소개된 여행지를 따라가고 싶은 생각이 들었다. 지금까지 혼자든 단체든 여행해 본 적이 없었다. 고등학교 때 수학여행을 다녀온 게 전부였는데 그것조차 다른 아이들 뒤꽁무니를 따라다녀서 기억나는 장면이 없다. 대학에서도 동아리와 같은 활동은 하지 않았으며 모임이나 조직에 가담하지 않았다. 나는 늘 혼자였고 혼자인 것이 편했다.

배낭에 노트북과 책 몇 권을 넣고 목적 없이 집을 나섰다. 첫 번째 여행지는 대추나무가 게시한 기차 여행을 따라가기로 했다. 오래전에 경험한 여행을 회상하는 형식으로 쓴 수필이었다.

전철을 타고 가다가 기차역에서 내렸다. 코레일 앱을 깔고 기차 시간표를 확인했다. KTX, 새마을호, 무궁화호 기차가 정차하는 역이었다. 기차를 타본 지 오래되어서 그런지 무궁화호 기차는 과거 속으로 사라진 줄 알았는데 운행한다는 것이 신기했다.

낡은 것들은 사라지는 것이 사물 세계의 진리여서 자연스럽게 든 생각일지도 몰랐다. 그렇게 보면 지원이 사라진 원인도 플라스틱 빨대가 아니라 낡아서일 수도 있다.

　가장 멀리 가는 무궁화호 표를 끊었다. 기차가 나를 싣고 정말로 사라질 것만 같아 설렜다. 이래서 여행을 하나보다 하는 생각도 들었다. 기차가 플랫폼으로 들어올 때 확인해보니 내 표는 2호 차량인데 내가 서 있는 곳은 7호 차량이 정차하는 위치였다. 아래쪽으로 걸어 내려가기 귀찮아 객차를 통과해 가려고 그냥 올라탔다.

　생각보다 승객이 많았다. 거의 아랫지방에 있는 대학에 다니는 학생들이었다. 서 있는 사람들을 헤치고 가면서 기차 한 량이 무척 길다는 생각이 들었다. 그러는 동안 기차는 내 발걸음보다 더 느린 느낌으로 달리고 있었다.

　7호 차량에서부터 5호 차량까지 지나는 것은 성공했는데 그다음 차량은 식당칸이었다. 그곳 바닥에 학생들이 빽빽하게 앉아 있거나 친구의 허벅지를 베개 삼아 누워있어 빈틈이 없었다. 잡담과 욕설, 장난기 섞인 비명이 뒤섞였다.

　지나갈 엄두는 나지 않았고 후퇴할 수도 없는 상황이었다. 다음 역에 정차할 때까지 기다렸다 내려서 2호 차로 옮겨 타기로 마음먹었으나 다음 역에서 아이들이 모두 내려 그럴 필요가 없어졌다. 내가 탄 2호 차만 해도 나를 포함해 열 명 정도가 드문드문 앉아 있는 정도였다.

　기차는 아이들을 모두 내려놓아서 그런지 조금 가벼워진 느낌이다. 여전히 느릿느릿 정차하고 느릿느릿 출발했지만, 어김없이 다음 역에 도착했다. 그렇게 도시와 들판, 산 그리고 다시 도시와 들판, 산을 반복하여 간신히 목적지 중간지점까지 도달했다. 커피타임이 최고의 여행지로 조그만 사찰을 소개하였는데 그 사찰이 근처에 있었다. 그곳으로 가야겠다는 생각이 들어 기차에서 내렸다.

버스는 1시간 뒤에 있었다. 백반집에서 점심을 먹고 나오는데 렌터카 사무실이 있어 차를 빌렸다. 시내를 빠져나가 4차선 국도를 따라 20분 정도 오르막길을 달리니 주차장이 나왔다. 차를 세우고 다시 가파른 숲길을 걸어 올라갔다.

기암괴석의 바위로 된 산 중턱에 걸친 아주 작은 사찰이었다. 일반가정집 방 세 개 크기의 대웅전과 스님들이 기거하는 요사채 세 칸이 전부였다. 한 바퀴 돌 때까지 사람이 보이지 않았다. 우측 평상에 앉아 아래를 내려다보니 낮은 산과 논밭이 펼쳐지고 그 끝에 바다가 있었다.

이곳을 추천할 때 사찰이 좋은 것이 아니라 사찰에서 바라보는 풍경이 좋았다는 글이 생각났다. 모텔 앞 골목과 주변을 둘러싼 그만그만한 건물들만 보고 살아서 그런지 내가 너무 왜소하게 보였고 내가 겪고 있는 갈등이 너무 하찮게 보였다.

사찰을 내려와 렌터카를 반납하고 버스 정류장으로 갔다. 가장 먼 곳으로 가는 버스표를 끊어 올라탔다. 리무진 버스여서 좌석이 넓었고 손님도 나를 포함하여 세 명밖에 되지 않아 마음이 편했다. 곧바로 잠이 들었다가 눈을 떠보니 밖은 어두워져 있었다.

어지럽게 뒤로 물러나는 고속도로 바닥을 보다가 다시 잠이 들었다. 나는 노예가 되어 섹스 파수 노동을 하고 있었다. 손님이 쾌락을 얻고 가면 상점 1점을 받고 손님이 쾌락을 얻지 못하면 벌점 2점을 받는다. 자기들 정력이나 기술 탓에 쾌락을 얻지 못하는데 내가 벌점을 받는 것이 억울하지만 노예란 그런 것이다.

하루는 지원이 남자와 함께 왔다. 질투심으로 분노가 치밀었으나 노예 신분인 나로서는 어찌할 방법이 없었다. 문제는 내 점수가 위태로운 상태로 지원이 쾌락을 얻어 1점을 얻게 된다면 살 수 있지만, 지원이 쾌락을 얻지 못해 벌점 2점을 받는다면 참수되어야 했다. 나는 이러지도 저러지도 못해 암담하게 그들이 들어간 방을 바라보았다.

버스가 목적지에 도착했다는 방송을 듣고 눈을 떴다. 새벽 1시였다. 서쪽 바다가 보이는 도시에서 동쪽 바다가 보이는 도시로 이동한 것이다.

2

 여행에서 돌아와 모텔 데스크에 들어서자 이곳이 나를 끌어당기고 있었다는 것을 깨달았다. 복도에 떠다니는 먼지와 냄새, 문틈으로 새어 나오는 신음마저도 반가웠다. 이곳은 내 일자리인 동시에 도피처다. 지상에서 내가 즐길 수 있는 유일한 일자리일지도 몰랐다.

 남자가 계산하는 사이 자율 냉장고 앞에선 여자가 내 눈치를 슬쩍 보더니 식혜 네 캔을 꺼내 재빠르게 가방에 넣었다. 그리고 모른 척 봉지 커피 세 개를 들고 남자가 계산을 끝내기를 기다렸다.

 식혜도 커피도 모텔방 냉장고에 비치되어 있다. 부족할 것을 생각하여 한두 개 정도야 이해하는데 네 개까지는 심하다 싶었다. 그녀의 식혜 네 캔은 분명 가방에서 꺼내지 않고 집으로 가져갈 것이다.

 "어떡해요. 어떡해."

 저녁 9시가 되어 좀 한가로운 시간에 3층에서 뛰어 내려온 자오밍이 데스크로 들어오며 호들갑을 떨었다.

 "무슨 일 있어?"

"저기, 어떡하지."

자오밍은 입구에서 멈춰 나를 바라보다 다시 3층으로 올라가는 계단을 바라보기를 반복했다.

"무슨 일이냐고?"

"302호, 재실이네요?"

계기판을 바라보니 302호는 재실로 표시되어 있었다. 좀 전에 식혜를 네 캔이나 가방에 넣은 여자였다.

"맞아."

"문이 요만큼 열려있고 불이 켜져서 나간 줄 알고 들어갔어요. 이 사람들이 카드도 안 빼고 나갔구나! 했죠."

"어디를?"

"302호에."

"그래서?"

"아니, 그 사람들은 왜 문도 안 닫고, 불을 켜놓고. 어쩌죠?"

손님들이 나간 것을 내가 확인하고 자오밍에게 알려주면 올라가 청소하는 시스템이다. 필요 이상으로 성실한 자오밍이 사고를 친 모양이었다.

"기다려야지. 막 들어가면 어떡해? 그런데 3층에는 언제 올라갔어?"

"복도에 음료수 캔 치우러 갔다가 문이 열려있어서요."

"봤어?"

"그 사람들이 나보다 더 깜짝 놀라 벌떡 일어났는데. 아! 어떡해요. 고발당하면 어떻게 해?"

"고발은 무슨 고발. 다 불륜인데 쪽팔려 그냥 가겠지."

"민폐 끼쳐서 어떡해요?"

"됐어. 마주치면 그러니까 뒤에 가 있어."

자오밍은 뒷방에 들어가서도 혼잣말로 중얼거렸다. CCTV에서 눈을 떼지 않았다. 예상대로 한참 후에 나온 302호 손님들은 후문을 통해 슬그머니 나갔다.

"302호 손님들 후문으로 나갔어. 가서 청소해."

"정말요? 다행이다. 그런데 사람들이 왜 이불도 안 덮고 그러는지 모르겠어요."

"다 봤구나?"

"노래져서 본 건지 안 본 건지 기억이 없어요. 정신이 없었어요. ······ 정말이에요."

졸다 깨어났다가 다시 졸기를 반복했다. 창밖에는 인간들의 잠속을 헤집고 나온 꿈들이 흘러 다녔다. 몇 호실에서 흘러나왔는지 그 꿈 하나가 내게로 숨어들려고 하여 털어냈다.

새벽 3시가 되어 30대 후반으로 보이는 한 쌍이 비틀거리며 올라와 대실을 요구했다. 이 새벽에 돈 없으면 골목에서 벽치기나 할 것이지 모텔에 기어들어 와 대실을 요구하는 인간을 죽이고 싶었지만, 졸린 눈을 깜박이며 대실이 안되는 이유를 찬찬히 설명했다.

하지만 그는 포기하지 않고 집요하게 대실을 요구했다. 큰 덩

나의 표상(表象)이다. 195

치에 눈은 두꺼비처럼 튀어나왔고 축 늘어진 볼살은 붉었다.

"아! 씨. 뭐가 이렇게 인색하지?"

그는 짜증을 내며 카드를 내밀었다. 더는 손님이 없을 것 같아 후문 쪽으로 나가 바람을 쐬었다. 사람의 흔적은 하나도 없는 어둠뿐이었다. 우물에 돌을 던져 물결을 만들 듯 밤을 흩트려 놓고 싶었으나 방법을 몰랐다. 오히려 밤이 고요하여 어둠에 영원히 갇힌다면 나쁘지 않을 것 같았다.

다음 날 대실을 요구했던 남자와 함께 올라갔던 여자가 사체로 발견되어 발칵 뒤집혔다. 경찰은 출동하자마자 통제선을 쳤다. 미처 나가지 못한 숙박 손님과 어쩌다 들어오는 아침 손님 한 쌍이 당황하여 모텔을 빠져나갔다. 2년 전 시련 당한 여자가 자살한 후로 별 사고가 없었다. 경찰 조사가 끝날 때까지 영업하지 못할 것이고 인식이 나빠져 손님이 줄어 손실이 클 것이다.

주차장에서 사장과 때밀이, 이발사가 이야기하고 있었고, 5층에 구경하러 갔던 양아치는 경찰한테 핀잔만 듣고 내려왔다. 사복경찰이 나에게 손님에게서 이상한 점을 발견한 것이 없냐고 묻기에 나는 본대로 대답했다.

민지 엄마는 충격으로 퇴근하고 야간 근무인 자오밍이 출근했다. 나는 그들이 들어온 상황을 진술하기 위해 불려 나왔다. 자오밍과 나, 그리고 양아치가 나란히 앉아 아침드라마를 보듯이 CCTV에 시선을 집중했다.

흰색 옷을 입고 가방을 든 감식반이 도착했다. 주차장으로 들어

오려던 모텔과 목욕탕 손님들이 차를 돌려 밖으로 나가는 일이 반복되었다. 차라리 정문을 폐쇄하고 하루 휴업하는 것이 이미지 나빠지는 것을 조금이라도 방지할 수 있을 거라는 생각이 들었다.

"민지 엄마가 얼마나 놀랐을까?"

자오밍이 말했다.

"안 놀랬을걸. 아줌마 가슴 큰 것 봤지? 그거 다 간이 부어서 그래. 너는 딱 봐도 새가슴이잖아."

양아치가 자오밍의 젖가슴을 바라보며 히죽거렸다. CCTV 모니터 아래쪽 텔레비전에는 메이저리그 야구가 중계되고 있었다. 보스턴 레드삭스의 8번 타자가 타석에 들어섰다.

"나도 안 놀랬을걸요. 내가 고향에 있을 때 간 큰 거로 유명했거든요. 그리고 우리 고향에서는, 시체 보는 건 일도 아니었습니다."

"뻥 치지 마."

"정말인데. 하루는 우리 집 건너편에 살던 아저씨가 약초를 캐다가 굴러떨어져 죽었는데 내가 요렇게 봤어요."

"알았어. 그렇다고 해줄게."

"나는 거짓말 안 해요."

"알았다고. 요즘은 사건이 없는 편이야. 옛날에는 일 년에 두세 명씩 죽어 나갔어. 우리 모텔이 자살하기 좋잖아. 다른 데 보다 허름하고 평일에는 손님이 그렇게 많지도 않고."

양아치가 팔짱을 끼며 말했다.

"정말요? 몇 호에서요?"

"그거 알면 안 되지?"

"알고 있어야죠. 난, 무섭지는 않아요."

"이런 일도 있었어. 공사판 인부 네 명이 술 한잔하고 잠자러 온 거야. 그런데 한 명이 너무 취해 그냥 차에 두고 내렸는데, 다음 날 아침에 가보니까 죽은 거야. 그런데 이 사람 마누라가 신랑 영혼을 달래줘야 한다며 영구차를 여기로 끌고 와서 제사 지내고 울고 그러는 거야. 명백한 영업방해인데 말릴 수도 없고. 환장하는 줄 알았다."

"그래도 그 사람들은 절박하잖아요. 다른 건 몰라도 귀신은 달래줘야 해요."

"귀신은 무슨. 옛날에는 객사하면 소리 소문도 없이 장례 치렀어. 아! 이런 일도 있었다. 아! 씨. 이걸 떠올리면 안 되는데. 2년 전이다. 젊은 놈이 혼자 와서 술 마시고 뛰어내린 거야. 종수 너 기억나지?"

"네."

"퍽! 하는데 천둥소리가 나더라고. 와! 뚱뚱했거든. 허벅지가 부러졌는데 뼈가 갈라진 장작처럼 튀어나온 거야."

"어머나! 끔찍해라!"

"일단 119 불러 병원으로 보냈지. 그리고 이틀 후에 부모들이 찾아왔더라고. 완전 시골 할아버지 할머니 같은 분들이었어. 박카스 열 개 들은 거 한 상자 들고. 아! 애잔하데. 이게 자살 미수면 의료보험이 안 된대. 치료비가 엄청난 거야. 의료보험 공단에서 조사가 나온대. 자살이 아니라 추락으로 해달라고. 그런데 곤란하거든. 추락이면 우리가 책임을 질 수도 있거든."

"그래서 어떻게 했어요?"

"못해줬지."

"해주지 그랬어요?"

"그런 건 안 해주는 거야."

양아치도 자오밍도 말이 줄어들어 셋은 달리기 출발 선상에 선 선수들처럼 나란히 앉아 CCTV를 응시했다.

"갑자기 엄마가 보고 싶네. 전화 한번 해봐야지."

침묵을 깬 자오밍이 휴대폰을 꺼내 SNS 앱으로 무료국제전화를 걸었다. 긴 신호음 끝에 그녀의 어머니 목소리가 흘러나왔다.

3층 복도 CCTV 화면에서 형사들이 서성거리고 있는 것이 보였다. 형사 한 명이 휴대폰 통화를 했다. 그는 손짓하며 몇 걸음 걸었다가 멈추기를 반복했는데 소리가 들리지 않아 무성영화를 보는 듯했다.

메이저리그 야구 중계를 하는 텔레비전 화면에는 9번 타자가 8구째를 거둬내 파울볼을 만들었다. 해설자는 1위가 바뀔 수 있는 중요한 경기에 9회 말 동점 상황이라며 긴장한 목소리로 중계하고 있었다.

포수와 사인을 주고받은 투수가 공을 던지려는 순간 타자가 타임을 걸었는데 받아들여지지 않았다. 하지만 공은 어이없이 머리

위쪽으로 날아와 타자는 볼넷으로 걸어 나갔다.

어머니와 통화 중인 자오밍은 알아들을 수 없는 중국어로 말했고, 한국어로 말할 때와 달리 목소리 톤이 다르고 말을 빨리하여 이질감이 느껴졌다. 거기다 우리의 눈치가 보였는지 고개를 돌리고 속삭이듯 말했다.

내가 앉아 있는 모텔 데스크와 CCTV로 비추는 5층의 사건 현장, 소리만 들리는 하얼빈 식당, 텔레비전 화면에 비추는 보스턴 레드삭스 홈구장인 펜웨이 파크가 물리적으로 연결되어 뒤섞이는 것 같았다. 그러다 보니 내 의식도 분산되어 5층은 희미하게 보였고, 하얼빈 식당은 추상적으로 느껴졌고, 펜웨이 파크는 손에 잡힐 듯 선명했다.

이처럼 내가 지금 각기 다른 현장이 연결된 중심에 있다고 하여 내가 더 의미 있는 존재가 되는 것은 아니다. 사람이 죽은 것과 식당에서 설거지하는 것과 야구장에서 볼넷으로 걸어 나간 것 중 어떤 것이 더 의미 있는 사건인지도 알 수가 없다. 설령 그중 어떤 것은 의미가 있고 어떤 것은 의미가 없다고 해도 변하는 것은 없을 것이다. 마찬가지로 경찰이 당장 범인을 체포한다고 해도, 보스턴 레드삭스가 경기에서 이긴다고 해도, 죽은 여자가 벌떡 일어나 알몸을 뒤지는 감식반의 뺨을 때리고 걸어 나간다고 해도, 자오밍의 어머니가 식당에 불을 지른다고 해도 변하는 것은 없을 것이다.

따라서 모텔방에 시체 한 구 버려졌다고 겁먹거나 호들갑 떨

이유가 없다. 변함없이 밀려왔다가 사라지는 그런 하루에 시체 한 구를 얹어 놓는다고 해서 달라질 것은 없다는 말이다. 많은 것들이 생겨나고 많은 것들이 사라진다 해도, 사라진 것 중에 그녀가 포함되었다 해도 세상은, 나는 그대로다.

"저 새끼들은 한탕 잡은 거야. 거지들처럼 몰려왔다 몰려가는 거 봐."

"왜 말입니까?"

자오밍이 물었다.

"관할구역에서 사건이 발생하면 골치 아프기도 하지만 해결되면 기본적으로 두세 명 진급하거든."

"그렇습니까?"

"그래, 그러니까 사건이 나면 흡혈귀처럼 환장하는 거야. 그리고 우리 사장한테도 약점 잡았잖아. 이 문제를 원만하게 해결하려면 돈깨나 찔러줘야 할걸. 저 새끼들이 트집 잡으려면 한도 끝도 없거든. 따지고 들자면 불법이 한두 개냐?"

"우리가 불법이 있어요?"

자오밍이 놀란 듯이 말했다.

"불법 있지."

"우리가 범죄자란 말이에요?"

"너는 아이큐 측정이 불가한 아이야. 우리가 아니고 여기 모텔."

"그래요? 상상도 못 했네요."

"너는 그런 것 상상 안 해도 돼. 그냥 집중해서 설명이나 들어. 예를 들어 3층 복도에 수건을 쌓아 놓았잖아. 그거 불나면 좆되……. 소방법에 걸려. 좆나게 불법. 끝."

영업은 해도 되지만 515호 경찰통제선은 며칠 유지될 것이라고 했다. 5층은 손님을 아예 받지 않기로 했다.

목욕탕으로 내려갔다. 어지간해서는 목욕탕에 가지 않는데 피로를 풀어야 할 것 같았다. 주차장에는 경찰차와 구급차가 번쩍거리고 사람이 죽었다는 소문은 이미 퍼졌으니 목욕탕도 손님이 있을 리가 없었다. 당분간은 PC방에서 노래방까지 영향을 미칠 것이다.

"어떻게 됐어?"

옷을 벗는데 남탕 때밀이가 바짝 다가와 물었다.

"경찰들 아직 있지?"

이발사가 물었다.

"시체는 나갔나?"

때밀이가 다시 물었다.

"경찰 일부는 갔고, 일부는 남았고, 시체도 나갔고, 나는 목욕 좀 할게요."

옷을 벗고 목욕탕으로 들어가 온탕에 몸을 담그자 시체가 되어 물속으로 가라앉는 것 같았다. 혼자 있던 탕에 노인이 들어와 온수 수도꼭지를 틀었다. 물이 쏟아지면서 탕 안이 요동쳤다. 코밑에서 물이 출렁이는 것에 맞춰 잠이 쏟아졌다. 물 전체가 지원의 몸이 되어 나를 애무하는 것 같으면서 발기가 되었다. 눈을 감고 고른 숨을 내쉬었지만, 이미 내게 달라붙은 그녀는 사라지지 않은 상태에서 졸음이 밀려왔다.

언덕 밑으로 절벽이 보였다. 나는 자전거를 타고 절벽 아래로 돌진했다. 자전거는 맑은 하늘을 가르는 비행기처럼 날아갔다. 눈을 크게 뜨고 핸들을 꽉 잡았다. 꿈이 반으로 갈라졌다.

갈라진 반쪽은 자전거를 타는 나였고, 반쪽은 나를 바라보는 나였다. 자전거는 바퀴가 없었고 자전거를 탄 나는 알몸이었다. 보고 있던 나는 '내가 춥겠구나.'라는 생각을 했다.

반으로 갈라졌던 꿈이 하나로 합쳐지며 자전거가 절벽 아래로 곤두박질쳤다. 절벽 밑에는 목욕탕이었고, 탕 안에는 구더기가 우글거렸다. 놀란 나는 그곳을 빠져나오기 위해 허우적거렸다. 자세히 보니 구더기가 아니라 생김새가 똑같은 구더기 크기의 여자들이었다. 내가 복제해 만든 여자들이야. 어느새 지원이 나타나 말했다. 너에게 모두 줄게.

말을 마친 그녀의 몸도 점점 줄어들어 여자들 속에 파묻혀 버렸다. 자세히 보니 우글거리는 여자들 모두 그녀였다. 그녀들은 내 몸 구석구석을 만지고 핥았다. 성기에서 오줌보다 더 긴 정액이 쏟아져 나왔다.

3

 살인범이 검거되었다. 이삼일이면 검거될 줄 알았는데 이십여 일이 걸렸다. 생각보다 오래 버틴 그에게 존경을 보내고 싶었다. 낚시광으로 저수지에 승용차를 주차해 놓고 생활했다고 한다.

 며칠 후 현장검증이 있었다. 경찰이 나에게 데스크에 앉아 그날과 똑같이 재연해 달라고 부탁했다. 현장검증은 텔레비전 뉴스에서 보는 것과 별반 다르지 않았다. 포승줄로 묶이고 마스크를 쓴 범인이 경찰관의 안내로 모텔에 들어왔다.

 밖에서 마스크를 벗기라고 소리치는 피해자 가족의 고함이 들렸다. 사건만 터지지 않았더라도 지금쯤 우리 장모님, 우리 사위 하고 웃고 있을지 모를 사이였다. 한순간이 관계를 엇갈리게 하는 것이 운명을 짊어지고 다니는 인간의 본질인지, 세계를 돌리는 초월적 힘인지 알 수가 없다.

 남자는 돈을 내는 장면을 재연하고 5층으로 올라갔다. 남자는 여자가 결혼 문제로 다툼이 있었는데 먼저 욕을 하며 뺨을 때렸고 밀쳤으며, 더 나가 재떨이로 자신을 내리치려고 하여 제지하는 과정에서 넘어졌다고 했다. 또 그렇게 재연했다.

방안에는 재떨이가 있었던 것 같다. 있었던 것 같다고 한 것은 거의 모든 방에 재떨이가 있었으므로 이 방에도 당연히 있었을 것이라는 짐작에서였다. 하지만 지금은 없다. 애초에 이방에는 없었는지, 경찰이 가져갔는지 알 수가 없다. 이후 손님을 받지 않았으므로 자오밍이나 민지 엄마가 치워버린 것은 아니다. 범인이 들고 있는 재떨이는 현장검증을 위해 옆방에서 빌려온 것이다.

보이는 것이 확실하다는 내 확신이 불확실하다. 믿음이란 의심에서 출발하는 것이다. 의심이 없으면 믿고 안 믿고를 따질 필요도 없다. 확신도 마찬가지다. 불확실이 없으면 확신하고 안 하고를 따질 필요도 없다.

지금 515호에서 이뤄지고 있는 행위는 이전에 있었던 행위에 대한 재연이다. 그것도 범인 한 사람의 진술만으로 시나리오가 쓰였다. 상반된 입장을 가진 그녀는 증언할 수 없다. 그러므로 현장검증이 오히려 좀 더 불확실한 상황으로 몰아갈 수가 있다.

그런데 저들은 재연이 모든 것을 말해줄 것처럼 진지하다. 하지만 나는 저 진지함마저도 진실이 아니라는 것을 알고 있다. 범인을 데리고 2층 데스크로 올라오던 형사가 유가족과 기자들이 와 있으니 신경 쓰라는 말을 했다. 그들은 실체적 진실보다 유가족과 기자들에게 보여지는 것과 말썽을 일으키지 않는 것이 더 중요했다.

데스크에서 방을 배정해주는 역할을 하던 나 역시 형사의 말을 듣고 긴장하여 오히려 그날과 다른 자세를 취했다. 마찬가지로 이 재연극에 참여하는 형사들은 물론 범인까지 진지한 모습을 보이기 위해 거짓된 표정과 행동을 할 것이고, 그런 표정과 행동이 본질을 더 불확실하게 할 것이다.

어쩌면 그가 여자를 죽인 행위의 출발점이 그날 내가 대실로 안 받아 준 것일지도 몰랐다. 그것 때문에 화가나 잠재된 분노를 깨웠을 수도, 여자가 대실을 요구하는 그의 행동을 비난하여 시비가 생겼을지도 몰랐다. 그런데도 그 사실을 알고 있는 내가 침묵하므로 본질을 더 불확실하게 몰아가고 있다.

현장검증이 끝나고도 나는 불확실한 상태에서 빠져나오지 못했다. 내가 불확실한 만큼 세상도 불확실할 것이라는 생각이 들었다. 세상과 나 사이, 불확실과 불확실 사이에 채워진 것 또한 불확실이었다.

퇴근하여 목욕탕이 휴일이어서 쉬고 있는 선미를 만났다. 갈대가 노랗게 변하기 시작한 하천길을 걸었다. 그녀는 둑 쪽으로 나는 강 쪽으로 걸었는데 갈대 잎사귀가 칼날처럼 위협해왔다. 자전거와 보행자들에게 방해가 되어 그녀가 앞에 서고 내가 뒤에 섰다. 아래쪽 벤치에 앉았다.

선미의 존재가 불확실했다. 지원은 상상 속의 여자이고 선미는 지금 내 연인처럼 느껴지기도 했다. 연인처럼 느껴졌지만, 사이는 더 멀어진 것 같은 기이한 느낌이었다.

"그 사람들도 사랑했겠지?"

잠을 못 자서 그런지 그녀의 말이 멀리서 건너오는 것처럼 들렸다.

"누구?"

"살인사건."

"그랬겠지. 아닌가, 서로 욕망의 대상이었을까?"

"싫으면 그냥 깨끗이 헤어지지 왜 죽이고 그럴까?"

그녀는 고개를 설레설레 흔들며 인상을 쓰더니 하천 아래쪽으로 걸어갔다. 하천 건너 모텔 간판이 보였다. 지원을 만나기 위해 항상 내가 그녀의 학원 근처에 있는 대학주차장으로 갔는데 딱 한 번 그녀가 이곳으로 온 적이 있었다. 그때 이용한 모텔이었다.

"오빠, 물고기들이 신기해."

언제 올라왔는지 선미가 말했다.

"우리 모텔 갈까?"

"지금? 왜? 벌써 출근해?"

"아니. 저기. 저 모텔."

그녀가 놀랐는지 모텔에서 시선을 떼지 못했다. 건너 버드나무 밑에 오리가 웅크리고 있었고, 물고기 두 마리가 슬금슬금 우리 쪽으로 다가왔다. 엄마 손을 잡은 남자아이가 물고기를 향해 돌을 던졌고, 돌에 놀란 물고기는 방향을 틀었고, 버드나무 밑 오리가 두리번거리더니 슬금슬금 기어 나왔고, 오리를 본 남자아이가 손가락질하며 소리 질렀고, 남자아이의 소리에 건너편에서 걷던 여자가 잠시 멈췄다.

"농담 아니야."

걷기 시작했다. 갈대가 없고 잡풀이 많이 난 길이었다. 중간에 건너편으로 건너가는 징검다리가 있어 건넜다. 나는 말없이 모텔로 향했고 그녀도 말없이 따라왔다.

현장검증의 잔상 탓인지 잠을 못 잔 탓인지 선미와 처음이어서 그런지 그녀의 몸속에서 자꾸 서걱거렸다. 거북이를 따라잡지 못하는 아킬레우스처럼 그녀의 깊은 곳까지 도달하지 못해 허우적거렸다.

"어떻게? 이렇게 할까?"

문득 그녀가 말하는 순간은 현재이지만, 그녀의 말이 파동이 되어 내게 들리는 순간은 그녀의 과거라는 생각이 들었다. 그렇다면 나는 이미 지나가 버린 그녀의 과거와 대면하면서 허우적거리는 셈이다.

지원도 마찬가지다. 내가 대면한 지원의 모든 것은 그녀의 과거뿐이고 지금 내가 갇혀있는 것 또한 그녀의 과거다.

실제로 존재하는 건 현재뿐이다. 과거는 이미 사라져 없는 것이며, 미래는 아직 오지 않아 없는 것이다. 내가 아무리 발버둥 쳐도 지원과 함께 했던 과거로 돌아갈 수 없고, 고통스러운 현재가 지나가기를 바라도 대면하는 것은 영원한 현재다. 현재. 현재. 다시 현재. …… 나는 현재에 갇힌 존재다.

따라서 내가 대면해야 할 지원은 사라져 없는 지원이 아니라 현재의 지원이어야 한다. 그녀에게 문자를 보내기로 했다. 머뭇거리면 또 생각이 달라져 못 보낼 것 같아 얼른 입력하고 보내기를 눌렀다.

 '내 속에 네가 가득하여 숨을 쉴 때마다 네가 입김처럼 새어 나와 내 앞은 온통 너뿐이구나. 나는 네 앞에서 타오르지 않은 적이 한순간도 없었다. 오랜 시간이 지나도 내 곁에 있는 너를 사랑할 수 있었으면 하는 희망을 찾느라 오늘도 잠 못 들고 이렇게 편지를 쓴다.'

4

 그녀는 호숫가에 웅크리고 있었다. 작은 버드나무가 파라솔처럼 그녀를 가렸다. 호수에 건너편 건물이 비쳤고, 그 건물을 햇빛이 짓누르고 있었다. 건물 창문에서 기어 나온 잉어 한 마리가 천천히 움직이다 멈췄다. 그녀보다 더 많은 세월을 살아온 듯 침착했고 평화롭게 보였다.
 "김종수가 왔군. 내게 편지한 것은 환도여서 나왔는데……. 역시 김종수가 왔어."
 그녀는 깊은 우물 속에 대고 말하듯 했다. 언뜻 봐도 몸이 말라 있었고 눈빛은 젖은 채로 불안하게 흔들렸다.
 "네가 환도라는 이름으로 내게 왔을 때 나는 설렜고 그 설렘이 고스란히 행복으로 전이되어 살아 있음을 느꼈는데, 그 이후로 너는 김종수로 돌변했고 두려운 나는 어찌할 줄 몰랐지."
 그녀도 나처럼 고통을 받으며 보냈다는 것을 확인한 것 같아 기뻤다. 하지만 곧바로 그런 감정을 느끼는 내가 부끄러웠다. 온 세상을 슬프고 우울하게 만들어 그녀의 감정선과 세상의 감정선을 일정하게 유지하여 조금이라도 편하게 해주고 싶었다.
 "환도 따위는 없어. 그건 환상이야. 심연도 허상이고."

내가 말했다. 호수에 아무 짓도 하지 않았는데 작은 물결이 일었다. 그 원인이 내게 있는 것 같아 억울했다. 물은 다시 고요해졌고 우리 둘은 없는 것처럼 침묵을 지켰다.

학원 출근 시간이 가까워지고 있었다. 그녀가 오후 1시에 만나자고 한 것은 나와 함께 있는 시간을 최대한 줄이고자 하는 뜻이 담겨 있을 것으로 추측되었다. 나는 제대로 된 말 한마디 못했는데 보내줘야 할 것 같았다.

"다음에 이야기하자. 학원에 출근할 시간이잖아."

"다음이 또 있나?"

"나는 그렇게 생각해. 그랬으면 좋겠어."

"학원은 그만뒀어."

"왜?"

"나는 매일 매일 나를 버린 너를 향한 살의와 네가 보고 싶은 나를 향한 살의에 시달려야 했어. 문제는 거기서 멈추지 않고 점점 날카로워지고 확대되는 거야. 수업시간에 말 안 듣는 아이를 마주하면 죽이고 싶은 충동이 들기도 했어. 그래서 학원을 그만두고 집에 틀어박혀 있었지."

"그거 과대망상이야."

"그럴지도 모르지. 그런데 과대망상이 전조증상일지도 모르는 거야. 이건 내가 죽어야만 해결될 수 있는 문제야. 내가 너를 죽이면 증명되는 거고."

"궤변으로 자신을 이상한 사람으로 몰고 가지 마."

문득 그녀도 어머니만큼 심각한 상태라는 생각이 들면서 두려웠다. 나는 늘 어머니가 우울증 치료를 제대로 받았더라면, 내 눈을 다치게 하지 않았더라면, 툭하면 죽는다고 했을 때 아버지가 마음으로 들어주고 관심을 가졌더라면 그 높은 데서 몸을 던지지 않았을 것이라는 아쉬움을 가지고 있었다.

어쩌면 아버지는 어머니가 죽기를 바랐을지도 몰랐다. 그 정도는 아니더라도 죽은 뒤에 차라리 잘됐다고 생각했을지도 몰랐다. 다른 건 몰라도 아버지가 어머니를 죽음으로 내몬 것은 분명했다. 내가 아버지와 화해할 수 없었던 이유 중의 하나였다. 그러므로 지원을 이대로 내버려 둘 수 없다.

"너는 솔직하지 못해. 그래서 우리는 맞지 않는 거야. 내가 왜 다른 남자를 만났다고 생각해? 나는 분명 환도를 사랑했는데 김종수라는 사람에게 몸과 마음을 빼앗기고 있었어. 너는 내 육체를 파먹으며 지옥으로 걸어가는 악마였을 뿐이야. 너에게서 환도가 보이지 않는 순간, 네가 환도의 탈을 쓴 김종수라는 것을 깨닫는 순간 나도 모르게 환도를 찾아 두리번거리고 있었던 거야."

그녀의 입에서 다른 남자 이야기가 나오자 다시 악의가 까슬까슬 솟아올랐다.

"고통과 수치를 겪고도 살아 있는 나야. 미래가 뻔한 인생이라고. …… 더는 잃을 것도 얻을 것도 없어. 내 몸 하나 내 마음대로 굴리지 못할 것 같아?"

"그래서 굴렸잖아. 그럼 됐지 뭐."

"나를 시험하지 마! 나는 내 삶을 살았을 뿐이야. 너를 만나는 이 순간도 내 삶을 살고 있을 뿐이야. 네가 그걸 인정해준다면 너는 내 모든 것을 가질 수 있어."

"마음이 아픈 것 같다."

"더 들어. 너는 내 말을 들어줄 의무가 있어."

"병원에 가보자. 내가 함께 가줄게."

"아니야. 섹스하러 가자. 너하고 섹스하기 싫지만 내게 당장 필요한 것은 병원이 아니라 섹스야!"

차에 올라탄 뒤로 그녀는 침묵을 지켰다. 모텔에 도착해서도 마찬가지였다. 우리는 경건한 의식을 치르는 제사장들처럼 움직였다. 그녀는 한마디 했다.

"섹스하는데 이성을 개입시키지 마! 쾌락에 도달할 수 없어. 마찬가지로 질투가 있다면 질투도, 미움이 있다면 미움도 잠시 잊어. 그런 상태에서 쾌락에 도달하면 그 모든 것이 정화될 거야. 섹스가 끝났을 때 남는 것은 사랑이어야 해."

그 뒤로 오직 들리는 것은 살 부딪치는 소리와 참을 수 없어 내지르는 듯한 그녀의 신음뿐이었다. 그녀의 말 때문인지 단순한 섹스가 아니라 증오와 분노, 질투를 잊기 위한 의식처럼 거칠어져 갔다. 의식은 그녀의 살의와 내 악의가 부딪쳐 그 어느 때도 느껴보지 못한 쾌락에 도달한 뒤에야 끝이 났다.

허공으로 튀어 올랐던 공기들이 침대 위로 가라앉고 있었다. 그녀는 모자라는지 넘치는지 이불 속에서 웅크린 채 신음했다.

땀과 침, 분비물로 더럽혀진 몸은 반으로 줄어들어 악마의 소굴에서 겁탈당한 소녀 같았다. 나는 내버려 두었다. 쾌락이 파괴한 관계 속에서도 남아 있는 것은 쾌락뿐이라는 것을 알고 자신을 저주하길 바랐다.

5

 아홉 시 이후에 갑자기 도덕적인 사회가 되었는지 손님이 줄어들었다. 살인사건에 대한 소문으로 반 토막 났다가 어느 정도 회복되는 중이다. 손님이 없으면 괜히 파수를 잘 못 선 것 같고 돈을 떼어먹은 것 같아 찜찜했다. 그렇다고 도로 앞에 나가 섹스하라고 호객행위를 할 수도 없는 노릇이었다.

 창밖에선 외눈박이 가로등이 멍한 시선으로 어둠을 응시하고 있었다. 졸린 눈을 비비며 어쩔 수 없이 경계 근무하는 초병 같은 모습이다. 내가 이곳에 취직하기 전부터 어둠 한 곳을 차지하고 있었지만 내게 눈길을 준 적은 한 번도 없었다.

 CCTV가 비추는 주차장 입구 쪽에서 PC방 직원이 기지개를 켜고 스트레칭을 했다. 모텔이야 의자에서 잠깐 졸 수도 있고 손님이 없을 때 한두 시간 잠을 잘 수도 있지만, PC방은 꼬박 밤을 새워야 한다. 스트레칭을 마친 그녀는 하늘을 향해 몇 번 숨을 고르더니 지하로 내려갔다.

 이번에는 내가 주차장으로 나갔다. 어둠을 삼켜버린 데다 습기로 축축해진 세상이 초라하게 가라앉아 있었다. 오토바이가 지나가면서 울리는 경보음도 청승맞게 들렸다. PC방 직원이 스트레칭을 하던 곳에 서서 나도 스트레칭을 한다.

그러고도 새벽은 한참을 지나 밴둥거리며 다가왔다. 어떻게 하면 이 새벽빛을 무던하게 바라볼 수 있을까 하는 시답지 않은 생각이 들었다.

"자다가 놀라 깼어."

지원에게 문자가 왔다.

"잠은 좀 자고?"

"모처럼 죽은 듯 잤네. 섹스 덕분인 것 같아."

"얼마든지 해줄게."

"이제 집으로 와. 모텔 찾아다니는 것도 지겨워. 그리고 심연에 다시 들어가고 싶어."

모처럼 죽은 듯이 잤다거나 모텔이 아닌 자신의 오피스텔로 오라는 그녀의 말로 봤을 때 현재는 플라스틱 빨대를 만나지 않는다는 확신이 들었다. 흥얼거리며 먹자골목 중간까지 걸어갔다 왔다.

그녀는 스테판이라는 이름으로 심연에 가입하여 포스팅하기 시작했다. 그러면서 점점 활력을 찾아갔다. 어쩌면 그건 다시 나를 만나서가 아니라 심연에서 글을 다시 쓰기 때문일지도 몰랐다. 나는 그녀를 지원이 아닌 스테판으로 인식하고 다른 회원들과 마찬가지로 댓글을 달아주었다.

되돌아보니 우리의 사랑은 심연에서 이미 완성되었고 현실에서 만난 뒤로는 완성된 사랑을 소모하는 단계에 불과했다. 사랑을 소모하고 소모된 사랑을 다시 끄집어내 너덜너덜해질 때까지 소모하기를 반복했을 뿐이다.

사랑을 소모 시키는 가장 효과적인 방법은 육체를 산산조각 내는 것이다. 남아 있던 찌꺼기 감정마저 육체에 섞어 조각내고 태워버리길 반복하다 보면 식어버리게 마련이다. 우리가 다시 만난 건 아직 태울 것이 남아 있다는 뜻이다.

하지만 땔감이 눅눅해진 것은 어찌할 수 없었다. 침대 밖에서 대화가 없었고 문자도 섹스하기 위한 약속을 하는 데만 제한적으로 사용했다. 우리는 점점 가볍고 익숙한 섹스파트너가 되어갔다.

새벽부터 와달라는 재촉이 왔다. 2시간을 조퇴하고 달려갔다. 사무적으로 섹스를 한 그녀는 곧바로 잠이 들었다. 휴대폰을 열었다. 심연 주위에서 가방을 멘 금발여자가 보였다 사라지기를 반복했다. 게임에서 탈출한 여자의 위장술이었다. 그녀가 탈출한 게임 속으로 들어갔다. 수십 명의 병사가 말을 타고 달렸다. 그들을 따라가 언덕을 넘자 수를 헤아릴 수 없는 괴물 군사들이 성을 에워싸고 함성을 지르고 있었다.

위험하다 싶어 빠져나왔다. 동영상을 내려받는 사이트에 들어갔는데 이상하게 생긴 남자가 가로막았다. 그의 몸을 뚫고 갈퀴가 나왔다. 바늘처럼 날카로운 끝이 두 갈래로 갈라진 갈퀴였는데, 양팔을 벌리듯 하늘을 향해 치솟아 오르더니 코브라처럼 나를 향해 머리를 웅크렸다. 비키시오. 내가 말했다. 이건 아주 공적인 일입니다. 그는 웃으면서 말을 계속 이어갔다. 나는 당신처럼 불법 자료를 내려받는 프로그램을 제거하는 임무를 수행 중이요. 잠시 눈을 감고 있으면 고통 없이 삭제해 주겠소. 나는 뒷걸음질 쳤다.

나는 불법 자료를 내려받은 게 아니오. 제휴자료를 내려받았을 뿐이오. 내가 말했다. 그건 내가 알 바 아니니 잔소리 마시오. 그는 계속 웃으면서 말했다. 당신은 인간들에게 조종당하고 있어요. 내가 설득하듯 말했지만 그는 나를 향해 한 발짝 더 다가왔다. 나는 재빨리 이메일 뒤에 숨어 달리기 시작했다. 갈퀴 남자는 당황하여 두리번거리다 이메일을 향해 포격을 가했다.

포탄이 떨어지면서 섬광이 솟아올랐다. 이메일은 8자 춤을 추며 교묘하게 피했다. 그제야 보니 이메일은 벌의 등 위에 있었다. 오랜만입니다. 나는 벌이 반가워 소리쳤다. 친구의 위험을 모른 척할 수 없죠. 그런데 나를 어떻게 찾아낸 거죠? 지난번에 말했잖아요. 전자적 신호……. 벌은 즐기듯 비행하여 나를 심연에 내려주었다.

'리더님.'

가시나무였다.

'오랜만이네요. 잘 계셨어요?'

'잘 지냈어요. 리더님도요?'

'네. 그런데 요즘 글 올리는 것이 뜸하세요.'

'갑자기 게을러졌어요.'

'좀 쉬시다 올려주세요. 그래도 우리 심연에서 문학과 관련하

여 선생님만큼 좋은 책을 잘 분석하시는 분이 없으세요.'

그 말은 사실이었다. 그녀는 영화나 드라마 같은 예술 행위를 무시하는 편견에 사로잡혀 있지만, 소설을 많이 읽었고 소설에 대한 이해도 깊었다.

'빈말이라도 칭찬 들으니 기분은 좋네요.'

'빈말 아닌데.'

'그런데요.'

그녀는 머뭇거렸다. 나는 물끄러미 그런데요. 라는 단어를 바라보았다. 그런데요, 라는 단어는 뒷말을 궁금하게 하는 마법을 가진 단어라는 생각이 들었다.

'인간은 내가 누구인가 생각하는 순간 재미없어지거든요.'

'갑자기 왜 그런 말씀을?'

'솔직히 말할게요. 내가 누구인가를 생각하지 않고 내가 지금 어떤 상태에 있는 것만 생각하고……'

그녀는 잠시 멈췄다. 계속 망설이는 중이었다. 나는 재촉하지 않고 기다려주었다.

'사실 고민이 있는데 그 누구한테도 할 수 없는 이야기라 끙끙거리고 있자니 폭발할 것 같아 리더님을 찾았어요.'

'말씀하세요. 뭐든지. 지옥에 끌려가 고문당해도 입 밖에 내지 않을게요.'

'사실은 제가 마부하고 몇 달간 알고 지내왔거든요.'

알고 지냈다는 의미가 의미심장하게 들렸다. 그러고 보니 최근

나의 표상(表象)이다. 219

들어 두 사람이 잘 나타나지 않았다. 둘만의 일대일 채팅창에 숨었던 것이 분명했다.

'네.'

'그런데 갑자기 이 사람이 메시지를 읽지 않는 거예요.'

'이유도 없이?'

'네, 어쩌다 읽어도 답장이 없어요.'

이 정도면 깊은 사이로 보였다. 평소 보여줬던 그녀의 모습과 달랐으나 남녀관계란 예측하기 힘들다. 나와 지원의 관계를 다른 회원들이 상상하지 못하는 것과 마찬가지다.

'그래요? 왜 그럴까요? 그러고 보니 요즘 마부가 안 보이는 것 같네요.'

'안 보여도 여기 있어요. 아무튼, 한 달 동안 이렇다 저렇다 말이 없는 거예요. 최소한 예의라는 게 있잖아요. 저는 이유라도 듣고 싶어요.'

'둘 사이가 깊었던 것 같네요.'

'보통 사이는 아니었죠.'

'만나기도 했나요?'

'아뇨. 목소리도 못 들었어요.'

'아! 그럼. 채팅에서만.'

'네, 그런데 일어나서부터 잠잘 때까지 끊이질 않고 대화를 했으니까 매일 함께했다고 봐야 해요.'

'일단 그쪽에서 그렇게 나오면 방법이 없지 않나요?'

'그러니까 내가 답답한 거예요. 차라리 여기서 나가면 이해를 할 것 같아요. 그런데 이것도 저것도 아니고 도대체 무슨 생각인지 알 수가 없어요.'

'안타깝네요. 그렇다고 해서 내가 도와줄 수도 없고.'

'아뇨. 도와줄 것도 없어요. 너무 답답해서, 누구한테 말할 수도 없고, 터질 것 같아요. 그래도 리더님은 이해해 주실 것 같아서.'

'충분히 이해하죠. 이해해요. 걱정하지 마세요. 그런데 이미 마음이 떠난 것 같으니 되도록 잊도록 노력해 봐요.'

'네, 알겠어요. 리더님. 말 들어줘서 고마워요. 이제 좀 시원하네요.'

지원이 내 쪽으로 돌아누우며 물을 달라고 하여 휴대폰을 내려놓았다. 팔베개로 그녀를 일으켜 세운 뒤 물을 먹여주었다. 그녀의 오피스텔은 넓은 평수로 중앙에 거실을 두고 양쪽으로 방이 있었다. 총 27층에 그녀의 집은 25층인데 안방 커튼을 젖히면 바로 앞 큰길에서부터 먼 산까지 한눈에 잡혔다.

특히 그녀의 침대는 창문과 붙어 있어 창 쪽에 바짝 누우면 공중에 뜬 기분이 들었다. 물을 마신 그녀는 담배 한 개비를 물고 그곳에 앉았다. 알몸에 내가 벗어 놓은 셔츠만 걸친 채였다.

"저녁에는 민원 때문에 담배를 못 피워. 지금은 사람들이 없는 시간이라 한 번씩 피우는데 이것도 민원이 들어온대. 나는 안 피운 척해."

그녀가 말했다.

"저곳에서 망원경으로 보면 다 보일 텐데?"

건너편 빌딩을 바라보며 내가 말했다.

"저기 사람들 봐. 사느라고 얼마나 애쓰는지……. 벗은 내 모습을 보면 위로가 될까?"

그녀는 빌딩 앞에서 분주히 움직이는 사람들을 바라보며 말했다.

"빌딩이 전부 사무실이라 누굴 훔쳐보고 그러지는 않겠다."

"저 정도 거리면 망원경이라도 얼굴은 안 나오겠지? 아랫도리 정도야."

"요즘은 성능이 좋아 솜털도 볼 수 있을 것 같은데?"

"알몸으로 여기 앉아 햇볕을 받으면 기분이 좋아져. 저들이 나를 훔쳐볼지 몰라도 내 기분이 좋으면 된 거 아냐?"

라면을 끓여 먹고 다시 섹스를 했다. 마침 해가 가운데 있어 우리의 몸을 밝게 물들였다. 지원의 몸이 부쩍 가벼워진 느낌이다. 몸 위로 올려보니 분명해 보였다. 엉덩이도 작아진 느낌이었다. 만져보고 때려보니 분명해 보였다. 그녀는 자신이 위에 있을 때 엉덩이를 철썩철썩 때려주는 걸 좋아했고 삽입한 채로 엉치뼈를 눌러주는 걸 좋아했다.

문득 플라스틱 빨대도 이 사실을 알고 있는지 궁금했다. 어쩌면 그가 나보다 먼저 이 오피스텔 침대에 올라왔을지도 몰랐다. 맑은 날 커튼을 활짝 열어젖힌 뒤 엉덩이를 철썩철썩 때리고 삽입한 상태에서 엉치뼈를 눌러주었을지도 몰랐다. 갑자기 발기가 줄어들면서 분노와 두려움이 밀려들었다. 삽입한 상태에서 그녀의 엉치뼈를 누르며 마음을 가다듬었다.

'같은 강물에 발을 두 번 담글 수 없다.'고 주장한 사람이 있다. 강물에 발을 한 번 담갔다 두 번째 담글 때에는 이미 강물이 흘러 먼저 담근 강물과 다르기 때문이다. 그렇다면 지금 지원은 나를 속이고 바람피운 지원과는 다른 지원이다. 이런 결론을 내리자 분노가 가라앉고 발기가 다시 거칠어졌다.

그뿐 아니라 인간의 몸과 생각은 찰나의 순간에도 변하게 마련이다. 그렇다면 같은 지원의 몸에 성기를 두 번 밀어 넣을 수 없다는 말도 틀리지 않는다. 이런 결론을 내리자 어떤 신적인 힘이 내 위에 있는 지원을 쓱쓱 바꿔주는 것 같아 새 손님을 맞이하듯 정성껏 대했다.

6

 다시 불분명한 시간이 지나갔다. 둘 사이는 시간보다 더 빠르게 변했다. 만나는 횟수도 일주일에 한 번에서 이 주일에 한 번 정도로 줄어들었고 만나더라도 섹스와 시답지 않은 이야기가 전부였다.
 산책이라도 해야 할 것 같아 밖으로 나왔다. 선글라스 할머니가 주차장 기둥 뒤에 서 있다 나를 보더니 숨듯이 고개를 돌렸다. 오늘은 선글라스에 밀짚모자까지 쓰고 있었다.
 양아치가 영업방해 된다고 할머니를 몇 번이고 쫓아낸 모양이었다. 모텔에 들어오는 손님 모두가 사소한 시선에도 민감한 편이지만, 할머니의 행동이 그런 정도는 아닌데 하는 생각이 들었다.
 어디로 갈까 고민하다 혹시 지난번 그 소녀를 볼 수 있을지 모른다는 생각으로 놀이터로 갔다. 하지만 소녀는 보이지 않았고 놀이터는 텅 비어있었다. 모래는 군데군데 파이고 가장자리에 잡초가 자라고 있었다. 소녀를 본 것이 실제가 아니라 환각이나 꿈일지도 모른다는 생각이 들었다.
 지원에게서 당장 와달라는 문자가 왔다. 빠른 걸음으로 모텔 주차장으로 이동하여 차를 타고 달렸다. 오피스텔에 도착하여 엘리베이터로 걸어가고 있는데 커피숍에 있다고 한다. 그녀 앞에는 조각 케이크와 커피가 놓여 있었다. 나는 커피 한잔을 시켜 그녀에게로 갔다.

"잠을 못 잤어. ……"

그녀의 눈은 불안하게 출렁거렸다.

"눈을 감으면 내 뱃속에서 살해된 아이가 울어."

"병원에 가보자."

"수면제 타왔어. 효과가 없어. 그런데 얘들은 이런 케이크를 팔아. 커피잔은 왜 이렇게 무거운 거야?"

그녀는 사기 커피잔을 들었다가 신경질적으로 내려놓았다.

"음악은 또 왜 이래?"

제목을 알 수 없는 힙합이었는데 볼륨을 너무 올려놓아 신경을 긁는 것 같았다.

"음악 줄여달라고 할까?"

내가 말했다.

"아니야. 나가자."

커피를 종이컵에 담아달라고 하여 밖으로 나왔다. 조금 걷자 몇 개의 벤치와 화장실이 있는 조그만 공원이 나왔다. 그곳에 앉아 말없이 나는 커피를 마셨고 그녀는 여전히 화가 난 표정으로 앉아 있었다.

잠시 후 미화원이 오더니 입구에서부터 바람 청소기를 돌렸다.

소리가 크게 울리면서 먼지가 일어났다. 점점 우리 쪽으로 다가와 자리를 옮겨야 했다. 그녀는 짜증이 났지만 참는 눈치다.

"오늘은 아침을 방해하는 사람이 왜 이렇게 많지? 일어나야겠어."

지원의 상태는 좋아졌다가 나빠지기를 반복했다. 병원에 데려가야 할 텐데 강제할 방법이 없어 걱정만 쌓였다.

그녀의 기분을 전환해보려고 여행을 계획했다. 바다를 가로지르는 다리를 건너자 또 다른 다리가 나왔다. 그 다리를 건너자 섬으로 가는 또 다른 다리가 나왔다. 섬 끝에 도착하자 우측으로는 우리가 건너온 다리가, 좌측으로는 떠다니는 배들이 보였다.

방파제 주차장에 차를 세우고 내렸다. 방파제를 걷고 싶었지만 그녀가 귀찮다고 하여 차 안에서 바다를 바라보았다. 물이 차오르고 해가 바닷속으로 가라앉기 시작했다.

돌아오는 길에 저녁을 먹으려 하였으나 그녀가 배고프지 않다고 해서 바로 호텔로 들어갔다. 절벽에 지어진 호텔로 침대 바로 밑이 바다였다. 어둠이 파도에 일렁이더니 순식간에 밀려와 침대를 검은 바다에 던졌다.

우주가 5분 전에 창조되었을지도 모른다는 가설을 제시한 사람이 있다. 5분 전에 우리에게 거짓 기억을 심은 상태에서 우주가 창조되었을지도 모른다는 가설이었다. 이 가설이 황당하게 들릴지 몰라도 이론적으로는 반박하는 것이 불가능하다는 것이다.

그렇다면 우주가 5분 뒤에 사라질지도 모른다는 가설도 이상할 것이 없다. 이 가설 또한 황당하게 들릴지는 몰라도 이론적으로 반박하는 것은 불가능하다. 두 가설을 연결하면 우주는 10분 간 존재했다가 사라진다는 가설이 된다. 지금 그녀와 섹스를 시작한 지 5분이 지났고 5분 후에도 나는 섹스를 하고 있을 것이다. 결론적으로 그녀와 나는 우주가 창조될 때부터 우주가 사라질 때까지 섹스하는 셈이다.

궤변이다. 섹스가 끝나면 호텔을 나갈 것이고 그녀는 오피스텔로 나는 모텔로 갈 것이다. 최근 그녀의 태도로 봤을 때 이별이 멀지 않았다는 걸 예감할 수 있었다. 그녀는 남자가 없으면 살 수 없는 여자다. 플라스틱 빨대가 아니라도 누군가를 만날 게 확실하다.

"네가 학원 그만둔다니까 플라스틱 빨대는 뭐래?"

그녀의 몸에서 내려와 숨을 고르다 나도 모르게 말이 튀어나왔다.

"지금 여기서 왜 그 사람 이야기가 나와?"

"그냥. 이상한 생각하고 그래서 묻는 게 아니야. 나는 아무렇지도 않아. 객관화시켜. 아침에 밥 먹었어, 묻는 것과 다르지 않아."

"지옥 같아……. 환도야! 내가 필요하면 나를 잡아줘. 지금 나는 나를 망가트리지 않으면 견딜 수가 없는 상태거든. 그러니까 내가 필요하면 나를 잡아주고, 내가 필요하지 않으면 그냥 내버려 둬. 그냥 내버려 두면 이내 끝나. 얼마 걸리지 않아. 나는 말이야."

그녀는 나를 꼭 안고 가볍게 내 입술에 키스하며 말했다.

나의 표상(表象)이다.

"나는 네가 좋아. 환도이면서 김종수인 네가. 선과 악을 동시에 가지고 있는 네가……. 나를 천상의 쾌락과 지옥의 고통으로 동시에 안내할 수 있는 환도이면서 김종수. 내가 원할 때 원하는 곳으로 데려가 줄 수 있지?"

그녀는 혀를 내 입속에 집어넣고 가볍게 움직이며 말을 이어갔다.

"내가 쾌락을 원할 때 천상으로, 내가 고통을 원할 때 지옥으로 데려다 달라고. 진심으로 말하는 거야. 자위로 느끼는 쾌락은……, 고통은 너무 싱거워. 허망할 뿐이야. 느낌조차 없다고……. 그래서 누군가가 만들어주는 쾌락과 고통이 필요해. 내가 쾌락을, 고통을 찾아 다른 사람에게 가도록 내버려 두지 마."

문득 시간이 회전할지도 모른다는 생각이 들었다. 심연이라는 소도시에 철학 교수 환도와 작가 질스마리아가 살고 있다. 그 세계의 시간은 십 년 단위로 회전한다. 그들이 서른이 되는 순간 스물로 되돌아가는 동시에 그 시간 속에 있었던 기억은 사라진다. 그러므로 그들의 인생은 반복하지만, 기억 속에서는 반복된 인생이 아니다.

환도와 질스마리아는 지난 십 년 동안 변함없이 서로를 사랑했다. 그러던 중 환도는 질스마리아에게 다른 남자가 생겼으며 그 남자와 섹스를 했다는 것을 알게 되었다. 하지만 그걸 알게 되는 순간 십 년이란 시간이 다 채워졌기 때문에 다시 사랑에 빠지는 십 년 전으로 돌아간다. 그러므로 둘의 사랑은 영원히 반복된다.

7

 그녀는 계속 심연에 접속해 있으면서도 내가 보낸 메시지 확인이 늦어졌고 확인하고도 답장이 없을 때가 잦아졌다. 만나자고 해도 이런저런 핑계를 댔다.

 의심은 씨앗과 같아서 한번 뿌려지면 새싹처럼 돋아나게 마련이다. 질투는 그 씨앗을 자라게 하는 거름이 되어 모든 것을 부패시킨다. 그녀에 대한 의심이 지워지질 않았다.

 문득 그녀가 낮에는 나를, 밤에는 플라스틱 빨대를 불러들일지도 모른다는 생각이 들었다. 확인하고 싶었다. 자오밍에게 데스크를 맡기고 승용차를 몰아 달렸다. 고속도로 요금소에 들어서려고 할 때 자오밍에게서 술 취한 손님이 행패를 부린다는 전화가 왔다. 차를 돌렸다. 밤은 쇠사슬에 칭칭 감겨 있고, 섹스에 중독된 세상은 미쳐 돌아가고, 나는 어둠을 향해 거꾸로 잡은 칼을 찔러대는 것 같았다.

 린다가 이상하다. 나와 가장 친하게 지냈던 회원이 린다였다. 지난 5년간 내가 쓴 글에 가장 깊은 애정을 표시했고 하루도 거르지 않고 댓글과 채팅으로 대화를 나눠 가족 같은 느낌이었다.

나는 그날그날 그녀의 기분은 물론, 남편과 아이들의 문제까지 알고 있었다.

그런데 한 달 전부터 나를 외면하고 있다. 활동을 중지한 것은 아니었다. 예전처럼 게시글에는 표정도 누르고 댓글도 달고 있다. 아무리 생각해도 이유를 알 수 없었다. 그냥 편하게 물어보면 될 텐데 뭔가 무시당한다는 생각이 들어 자존심이 상했다.

며칠 고민하다 문자를 보내보기로 했다. '린다님, 잘 계세요? 지난번에 그림자가 포스팅했던 서양철학사 중에서 조르다노 브루노에 관한 글이 없어졌네요? 본인이 삭제한 것 같은데 물어볼 수도 없고. 혹시 복사해 놓은 게 있나 해서요.'

오후 10시에 읽었는데 그날은 답장이 없다가 다음 날 오전 10시에 답장을 보내왔다. '답장이 늦었네요. 복사해 놓지 않았어요.' 그걸로 끝이었다. 말투도 달라졌고 답장을 보내는 반응도 달라졌다. 예전에는 운전 중일 때도 '운전 중'이라고 간단하게 답장을 보낼 정도였다.

이런 경우 느낌이 틀리지 않는다. 심연의 세계가 이런 곳이다. 그녀가 문제가 있거나 내가 그녀를 섭섭하게 해서가 아니라 이렇게 친해졌다 이렇게 서먹해지는 세계다. 오늘이라도 그녀가 탈퇴하면 그녀와의 관계는 흔적도 없다. 그렇게 사라진 회원이 한둘이 아니어서 기억도 가물가물하다.

'힘든 하루였어요.'

질레트가 뜬금없이 메시지를 보내왔다. 빈손으로 이혼하고 딸

둘을 키우고 있는 엄마라는 것만 알고 있다.

'무슨 일 있으세요?'

'회사에서 갑자기 해고되고 집에 가다 벤치에 앉았는데 내가 어디 가는 중이었지, 하는 생각이 드네요.'

갑자기 우울감이 밀려왔다. 그녀 때문만은 아니었다.

'힘내세요.'

'이럴 때 곁에 누가 있었으면 하는 생각이 들어요. 그냥 힘들 때 안아주고 토닥여주는 그런 사람이요.'

'곧 생기겠죠. 뭐.'

'남자한테 질렸는데 이렇게 또 그리운 것이 남자라니. 쉬세요. 바쁜 시간 감사해요.'

'네. 편히 쉬세요.'

'리더님.'

다음날은 아침부터 가시나무에게서 메시지가 왔다.

'네?'

'마부 있잖아요.'

'네.'

'있는 곳을 알아냈거든요. 거기는 사진을 좋아하는 사람들이 모여 있는 곳이에요.'

'그래요?'

'그런데 말이죠. 거기서 다른 여자하고 노닥거리고 난리더라고요.'

그녀의 자판 입력속도가 빨랐고 오타도 많았다.

'댓글로?'

'네. 어떻게 곧바로 환승할 수 있죠? 나는 최소한 애도 기간을 가질 줄 알았어요. 그게 예의 아니에요? 나하고 그러다 쌩깐 지 얼마나 됐다고. 안 그래요? 최소한 두서너 달 시간을 가져야 하는 것 아니에요?'

문자와 문장에 펄펄 뛰는 그녀의 모습이 보여 잘 달래줘야 할 것 같은데 마땅한 위로의 말이 떠오르지 않았다.

'댓글에서 그러면 아닐 가능성이 커요. 연애는 일대일 채팅으로 하지.'

'거기는 일대일 채팅창을 막아 놓았어요. 그러니까 댓글에서 지랄들 하지. 그리고 딱 보면 알아요. 찢어 죽이고 싶다니까요. 어떻게 해야죠? 당장.'

'어떡하긴 어떡해요. 그냥 잘 가라고 하면 되죠.'

'그게 되냐고요. 나는 지금 부들부들 떨리는데.'

'가시나무님 결혼하셨죠?'

'네.'

'아이들도 있죠?'

'네.'

'그럼 가정을 버릴 수도 있나요?'

'그건 아니지만······.'

'자, 그럼. 마부하고 잠을 잤어요?'

'아니라니까요. 만나지도 않았다니까요.'

'돈 떼먹었어요?'

'아뇨.'

'마부가 가시나무님을 욕하고 다녀요?'

'아뇨.'

'아무것도 아니잖아요? 그냥 문자로 주고받은 연애잖아요.'

'그런 것들보다 더 큰 것, 내 마음이 다쳤잖아요. 그냥 둘 수가 없을 것 같아요. 저것들을. 공개적으로 욕이라도 해야 속이…….'

'그냥 잊으세요. 이성적으로 행동하세요. 아무것도 손해 본 게 없어요. 달라진 것도 없고.'

이성적이라는 문자를 입력할 때 뜨끔했다. 그녀 때문에 더 심란해져 지원에 대한 화가 부풀어 올랐다. 중간중간 심연을 확인한 결과 지원의 온라인 상태는 여전했다. 그녀에 대한 악의가 내 몸의 9할을 채우면서 나를 어둠 속에 가뒀다. 어둠이 켜켜이 쌓이면서 원래의 나를 찾아볼 수 없을 정도로 처참해졌다.

'리더님.'

저녁 늦게 샤론에게 메시지가 왔다.

'엊그제 딸 만났어요. 큰딸.'

'아! 그래요? 축하드립니다.'

'그러게요. 이제 좀 살 것 같아요.'

'문제 해결은 잘 됐고요?'

'해결할 문제가 많지만 일단 만나서 어느 정도 서운한 감정은

풀었으니까 해결될 거라 기대해요.'

'아무튼, 축하드려요. 가장 중요한 것은 정성. 아시죠?'

'네. 고마워요.'

샤론과 대화를 마치자 약간의 죄책감이 느껴졌다. 저들은 내가 40대 후반으로 알고 있다. 자신들과 비교하여 내가 리더이면서 때로는 오빠 때로는 연배가 비슷한 친구 때로는 약간 나이 어린 친구 같아 저런 말을 털어놓는 것이다. 만약 내가 30대라는 것을 알게 되면 배신감을 느낄 것이다.

담배를 독한 것으로 바꾸었다. '말보루 레드'였다. 타르 8.0mg과 니코틴 0.7mg이 내 폐보다 먼저 머릿속을 마비시켜 줄 것을 기대하면서 연거푸 두 개비를 빨아들였다. 세상이 빙글빙글 돌았다. 죽을 때까지 담배 끊을 일이 없을 것 같았다.

입술에 힘을 주어 깊게 빨아들이자 담배는 빠르게 소멸하였다. '어두워지는 것은 빛이 소멸하고 어둠이 생성하는 것'이라고 주장하는 사람들이 있다. 반대로 밝아지는 것은 어둠이 소멸하고 빛이 생성한다는 것이다. 빨래가 마르는 것은 젖은 것이 소멸하고 마른 것이 생성되며, 차가워지는 것은 더운 것이 소멸하고 차가운 것이 생성된다는 주장이다. 죽는 것도 마찬가지로 산 것이 소멸하고 죽는 것이 생성된다는 것이다.

나는 하루에도 몇 번씩 지원에 대한 악의가 차올랐다가 가라앉기를 반복하고 있다. 그렇다면 하루에도 몇 번씩 온전한 내가 소멸하고 지원에 대한 악의로 가득 찬 내가 생성된다는 뜻이다. 나라는 인간은 그녀 때문에 소멸과 생성을 반복하는 불안전한 존재에 불과하다. 생각이 그 지점까지 이르자 그녀에 대한 악의가 풍선처럼 부풀어 올랐다.

빌라 앞 공터에서 봤던 소녀가 계단에 앉아 의사 놀이를 하고 있었다. 저 아이를 본 것이 실제인지 환영인지 확신할 수 없었다. 저 아이가 환영이라면 나도 환영일 수도 있다는 생각에 희망이 생기는 것 같았다.

나는 '세계는 나의 표상(表象)이다.'라는 문장을 무척 좋아한다. 이 짧은 문장이 세계와 내가 어떤 관계인지, 내가 어떤 존재인지를 명확하게 설명해준다고 믿고 있다.

과거에는 인간이 사물의 실제 모습을 있는 그대로 본다고 믿었다. 그러므로 의식은 단순히 사물을 비추는 거울과 같았다. 하지만 지금은 인간이 사물의 실제 모습을 그대로 보는 것이 아니라 정보처리장치와 같은 인간의 의식체계가 해석하여 본다고 생각한다.

그러니까 내가 지금 보고 있는 계단이나 소녀의 모습은 실제의 모습이 아니라 정보처리장치와 같은 내 의식체계가 해석하여 인식한 모습이라는 것이다. 다시 말하여 내가 보고 있는 소녀의 모습은 실제의 모습이 아니라 나의 표상이다. 인간과 시각이나 의식체계가 다른 강아지는 또 다른 모습으로 소녀를 보고 있을 것이며, 소녀 머리 위를 맴도는 파리는 또 다른 모습으로 소녀를 보고 있을 것이다.

나는 어머니가 던진 홍두깨로 한쪽 눈의 시력을 상실하여 보이는 공간이 삼각 구도에 가깝고 한쪽이 흐릿하다. 그렇다면 세계에 대한 나의 표상도 정상적인 눈을 가진 사람들에 비해 불균형할 것이다. 인간은 사물을 보는 것에서부터 사유가 시작된다고 한다. 그러므로 나의 사유는 불균형하면서도 일그러져 있다.

노트를 사기 위해 편의점으로 갔다. 줄도 안 그어진 갱지 50여 장 정도를 스프링 철해놓고 2천 원이라는 가격표가 붙어 있다. 이걸 사는 호구들이 있기는 있는 모양이구나 하면서 세 권을 샀다.

90여 장을 모두 까맣게 만들면 조금 편해지려나. 책 더미에서 게으르고 내성적인 성격의 주인공을 찾았다. 필사도 하기 전에 주인공처럼 게으르고 우유부단한 인간이 된 것 같았다. 아무 페이지나 펼쳐 적어 내려갔다. 내가 이토록 글씨를 못 쓰면서 느리게 썼나 하는 생각이 들었다. 어쨌든 이 책을 필사하는 동안만큼은 나를 무의식의 경계에 버려둘 수 있을 것 같았다.

8

 함께 철학을 공부했던 친구 재수로부터 문학상을 받는다는 모바일 초청장이 왔다. 내 연락처를 어떻게 알았는지 놀라웠다. 심연을 만들고 활동하면서 SNS가 노출된 모양이다.
 내가 만났던 사람들은 대부분 내일 절교하여도 무감각한 사람들이었는데, 그나마 가깝게 지낸 아이였다. 대학 4년은 물론 대학원까지 나란히 들어갔는데 나는 외할머니가 돌아가시고 대학원을 그만두었고 그는 공부를 계속했다. 군대도 비슷한 시기에 다녀와 대학 졸업과 대학원 입학하는 아귀가 맞았다.
 몇 년 전 우연히 지방 문예지로 등단했다는 소식은 들었으나 그 후 활동을 알지 못해 검색해보니 소설집 한 권이 있었다. 망설이다 가기로 했다. 그를 위해 가는 것이 아니라 내 속에 솟아오르는 악의를 다스리기 위해 새로운 뭔가를 찾아야 했다.
 사실 그가 등단했다는 소리를 듣고 의아했다. 글을 잘 쓰지도 못했고 의지도 열정도 없었다. 그는 오히려 내 글을 부러워하며 내가 작가가 될 것이라 말했다. 물론 나도 내가 작가가 될 것이라고 굳게 믿고 있었다.

문학상은 서울서 얼마 떨어지지 않은 지방자치 단체에서 수여하는 상이었다. 가서 보니 그 시에서 거주하는 작가를 대상으로 소설뿐 아니라 시, 시조, 시나리오까지 분야별로 수상자를 선정하는 상이었다.

재수는 나를 단박에 알아보았다. 내가 변하지 않았으며 오히려 더 단단해져 보기가 좋다고 말했다. 더 단단해졌다는 것이 무슨 뜻인지 애매하여 그냥 웃었다.

그는 시청공무원이면서 취미로 글을 쓴다고 했다. 취미로 글을 써서 지방문학회에서 발행하는 문예지에 등단하고 자기가 근무하는 시에서 운영하는 문학상을 받는 것이 이상했지만 티 내지 않고 진심으로 축하해주었다.

한복을 차려입은 여자가 다가와 그의 아내라고 인사를 했다. 그녀는 수상자의 아내답게 화려한 한복을 입고 있었다. 내 이야기를 많이 들었다며 시상식이 끝나면 식사하는 자리가 있으니 꼭 참석해달라고 말했다.

"종수 아니니?"

뒤에서 누군가 툭 쳐 돌아다보니 한 남자와 두 여자가 서 있다.

"나, 유석이야."

얼굴은 기억이 나는데 그가 유석인지는 알지 못했다.

"어, 오랜만이네."

"나도 기억나지? 수진이."

그녀는 이름뿐 아니라 얼굴도 가물가물했다.

"그럼, 기억하고말고."

다른 한 명은 처음 보는 여자로 그런 고민 없이 어색하게 인사를 나눴다.

"뭐 하고 사니?"

수진이 물었다.

"그냥 회사 다녀."

생각할 틈도 없이 거짓말이 튀어나왔다.

"뜻밖이다. 나는 네가 작가가 되어있을 줄 알았다."

유석이 말했다.

"그랬니?"

"나도 한때 작가가 될까 하는 말도 안 되는 꿈을 꿨었잖아. 그래서 습작이라고 짧게 써서 얘한테 읽어봐 달라고 했다가 완전히 박살 났잖아. 조목조목. 그리고 깨달았지. 나는 재능이 없다는 걸."

유석이 수진에게 말했다.

"그런 일이 있었나? 미안한데."

"아니야. 감사하게 생각해. 빨리 손 털 수 있었으니까."

넷은 작가가 사인한 책을 받아들고 수상식장에 들어가 구석 쪽에 앉았다. 수상자가 여러 명이어서 그런지 100석 정도 되는 시민회관 소극장에 빈자리가 거의 없었다. 시장이 오고 수상자들에게 상패와 상금이 수여된 뒤 수상소감이 있었다.

"저는 제가 기억나는 그 순간부터 작가가 되겠다는 꿈을 가지고 있었던 것 같습니다."

 밖으로 나왔다. 주차요금이 2천 원 나왔다. 수상식장에 왔다고 말했더니 도장을 받아 왔어야 한다고 했다. 괜히 심술이 났다.

 "사설 주차장도 아니고 시청에서 운영하는 시민회관 같은데 주차요금을 받나요? 그것도 수상식에 초대받고 왔는데?"

 "그냥 오시면 삼십 분 무료이고 도장 받아오시면 세 시간 무료입니다."

 50대 초반으로 보이는 여자 요금징수원이 말했다. 뒤를 보니 세 대의 승용차가 줄을 서 있었다.

 "그러면 그렇다고 알려줬어야지."

 "원래 방문하신 곳에서 안내해드리는데요."

 여자는 곤란한 표정을 지으며 책을 읽듯 말했다. 뒤에서 경적이 울려 그녀의 말을 잡아먹었다.

 "제가 여기에 차를 이대로 받쳐 놓고 갔다 오겠다고 하면 어쩔 건데요?"

 "그래도 저희는 어쩔 수……."

 나는 카드를 내밀었다. 여자는 서두르지 않고 카드를 받아 결재했다. 시민회관을 돌아 나오니 등산로 입구가 보였다. 마침 노상 주차장이 눈에 띄어 주차를 시켜놓고 걸어 올라갔다. 평일이라 그런지 등산객은 별로 없었다.

 20분 정도 올라가 바위에 앉아 책을 펼쳤다. 여덟 편의 단편을 묶은 작품집이었다. 첫 번째가 등단작으로 '광대의 섬'이었는데,

익숙한 작품이었다. 대학 때 내가 습작으로 다섯 편 정도의 단편을 쓰는 동안 그는 단 한 편을 썼는데 바로 그 작품이다.

외지에서 들어온 광대가 섬마을 사람들을 정신적으로 지배해 나간다는 이야기였다. 뱃사람의 불안한 심리를 이용한다는 내용으로 문장과 플롯이 형편없어 내가 수정해주었던 기억이 났다.

두 번째 작품을 읽고, 지원이 훨씬 소설을 잘 쓰는 것 같은데. 하는 생각을 하며 주위를 둘러보았다. 여기는 계곡이 깊군. …… 비가 오면 금방 물이 불어나겠는데. 그럴 때 여기에 앉아 있으면 통쾌할 것 같아.

재수는 그렇게라도 작가가 되고 싶었을까? 그럴 수도 있지. 이해해. 세상 모두가 쓰레기인 걸 뭐……. 지원의 마음은 이미 떠난 것 같아. 강제로라도 데리고 살아야 하나? 그럴 자격은 없지. 아니야, 칸트도 도망간 아내를 잡아 오는 것은 정당하다고 했잖아. 그건 결혼했을 경우고.

왜 그 생각을 못 했지? 남편 자격을 획득하면 강제로 병원에 데려갈 수 있어. 그래야겠군. 어떻게든 설득하여 결혼해야겠어. 우리 엄마처럼 나쁜 선택을 하도록 내버려 둘 수는 없지. 그동안 그녀를 향한 내 생각들은 쓰레기 같았어. 이건 심각한 의처증 같은 증상이라고. 아니지. 나를 만나면서 바람피운 건 사실이잖아. …… 정말 쓰레기는 아버지야. 할머니 저주가 생각나는군. 그 인간이 또 다른 여자를 봐서 이혼하네, 마네 난리가 아닌가 보더라. 이번에도 간호사란다. 근본이 그런 인간이야. 죽은 네 어미만

불쌍하지. 나는 분명 그 끔찍한 인간을 닮았어. 유전자는 속일 수가 없거든. 맞아. 유전자. 그렇다면 지원의 유전자 속에 살의가 내재하였다는 것도 사실일 거야.

이 돌 위에 누워볼까? 이 책은 완전 베개용이군. 자오밍은 섹스를 몇 번 했을까? 복도를 지나가다 방에서 신음이 들리면 자기도 하고 싶을까? 나를 볼 때마다 하고 싶다는 생각을 할지도 몰라. 원하면 해줄 수도 있지. 그게 뭐 어려운 일이라고.

오늘이 며칠이지? 노상 주차장 주차비가 시간당 얼마인지 확인을 하지 않고 올라왔네. 시에서 운영하는 거라 비싸지는 않을 것 같은데. 시상식에서 나올 때 도장을 안 찍어 준 것은 내가 일찍 나와서야.

9

 목욕탕은 휴일이었다. 옥상으로 올라가지 않고 선미에게 여행 가자는 문자를 넣었다. 한참을 달려 바다를 가로지르는 다리를 건너자 또 다른 다리가 나왔다. 그 다리를 건너니 섬으로 가는 또 다른 다리가 나타났다. 섬 끝에 도착하자 우측으로는 우리가 건너온 다리가, 좌측으로는 떠다니는 배들이 보였다. 방파제 주차장에 차를 세우고 내렸다.

 이곳은 얼마 전에 지원과 함께 왔던 곳이다. 그것을 의식하고 왔는지 갈 데가 없어 익숙한 곳을 찾다 보니 오게 되었는지 알 수 없었다. 그날처럼 물이 차오르고 있었지만, 시간이 달라 해가 섬 위 높은 곳에 있었다. 차에서 내려 지원과 걷지 못했던 해변을 따라 걸었다. 방파제에 부딪히는 파도 소리가 내 속에 있는 뭔가를 멀리 쓸어버렸지만 그만큼 다시 밀려왔다.

 점심을 먹고 지원과 함께 갔던 호텔로 들어갔다. 그날보다 높은 층이어서 더 바다가 잘 보였다. 우리는 창문 앞에 나란히 의자를 놓고 바다를 바라보았다. 파도 끝의 윤슬이 반짝거리며 흔들렸다.

나의 표상(表象)이다.

우주가 5분 전에 창조되었는지도 모른다는 가설을 다시 떠올렸다. 그렇다면, 5분 전에 우주가 창조되었고 5분 후에 사라질지 모른다면, 지원의 존재도 상상일 뿐이고 앞으로도 지원을 만날 일이 없는 셈이다.

"오빠, 오늘 이상해."

"내가 좀 그렇지? 미안해."

"왜?"

"그냥. 인간은 자신의 마음을 다스리는 것이 가장 힘든 것 같아."

"생각나는 대로 그냥 내버려 두면 괜찮아지겠지."

"맞다. 넌 늘 진리를 가지고 있구나."

양아치에게 전화를 걸어 급한 일이 생겨 출근이 늦는다고 했다. 혹시 밤새 봐줄 수 있느냐고, 그렇게 해주면 일당 두 배를 주겠다고 제의했더니 그러겠다고 했다.

선미가 그러지 말고 돌아가자고 했지만, 선미와 함께 어두워지는 바다를 보며 밥을 먹고 싶었고 밤을 보내고 싶었다. 저녁을 먹으러 항구로 갔다. 날 것을 그렇게 좋아하지 않는데 선미를 위해 기꺼이 회를 먹었다. 밤바다를 걷고 바닷가 언덕에 커피숍이 있어 들어갔다. 무명가수가 기타를 치며 노래를 불렀다. 슬픈 팝송이었고 나름 잘 불러 분위기가 숙연해졌다.

호텔로 돌아와 포도주를 시켜 마시고 멋진 섹스도 했다. 그래도 열한 시밖에 되지 않았다. 모텔에 파수를 서고 있었다면 막 한

가해질 시간이었다. 선미가 내 팔을 베고 잠들었고 나도 곧바로 잠들었다. 모처럼 깊고 달콤한 잠이었다.

선미는 목욕탕 문 여는 6시까지 출근해야 했다. 밀리지 않는 시간으로 4시에 일어나 출발하여 목욕탕 근처에 그녀를 내려주고 두 시간 더 자고 일어났다.

옥상으로 나가자 앞쪽 먹자골목은 밤의 흔적이 지워져 깔끔했고, 뒤쪽 주유소는 남자 종업원이 세차가 끝났다는 안내문을 치우고 있었으며 그보다 더 먼 공장은 멈췄는지 수증기가 솟아오르지 않았다. 좌측 큰길에는 신호가 바뀌자 대기하던 차들이 쏜살같이 달렸고, 뒤쪽 주택가는 여전히 고요했다.

고통은 인내할 수 없는 지점에서부터 시작된다. 환도로서 인내할 수 있는 지점과 김종수로서 인내할 수 있는 지점이 다르지 않았다. 그러므로 나는 둘이 아니라 하나다. 환도의 정체성을 잃은 지 오래다. 그리고 보면 지원의 말이 틀리지 않는다.

계단을 내려갔다. 어디로 갈까 고민하다 전철역으로 향했다. 변두리 전철역이라 승객은 드물고 에스컬레이터만 공장 레일처럼 움직였다. 나는 중앙계단을 이용해 올라갔다. 양쪽으로 교차하는 에스컬레이터를 바라보는데 서로 다른 세계의 경계선에 서 있다는 느낌이 들면서 묘한 소외감이 밀려왔다.

학생으로 보이는 세 명의 남자아이들이 에스컬레이터를 두세 칸씩 뛰어넘으며 불안하게 내려갔다. 아이들을 따라 아래쪽으로 시선을 옮겼다. 마치 무술영화 촬영을 위해 피아노 줄로 내 몸을 매달아 놓은 것 같다. 아이들은 소리를 지르며 광장 쪽으로 흩어졌고, 등산복을 입은 노인들이 걸어 들어왔다. 그들의 모습이 똑같은 캐릭터를 복사하여 깔아놓은 듯 비슷비슷하여 보이는 공간 모두가 심연의 한 장면 같다는 생각이 들었다. 당장 로그아웃 버튼을 누르면 의자에 앉아 정지된 화면을 바라보며 기지개를 켤 것 같았다.

나는 환도도 김종수도 아닌 그림자가 되기로 했다. 그림자는 심연을 개설할 때 내가 다른 아이디로 가입한 인물이다. 초기에 심연은 나 혼자 출발해서 한 달 만에 회원이 몇십 명으로 늘었지만, 글을 올리는 사람은 나뿐이었다.

고민 끝에 나는 '그림자'라는 이름으로 따로 가입하여 글을 올렸다. 환도와 그림자는 종종 토론도 하고 갈등도 일으켜 회원들의 흥미를 유발했다. 그 후로 환도는 주로 철학과 영화 분야의 글을 올렸고, 그림자는 도도한 유학파로 만들어 문학과 음악 분야의 글들을 올렸다. 지원을 단독 공동리더로 만들기 위해 그림자가 공동리더 모두가 사퇴하자고 제의하고 분위기를 조성했는데, 그것 또한 치밀한 내 계획이었다. 마침 지원이 게시판에 글을 올렸다.

흔히들 마르셀 프루스트의 소설 『잃어버린 시간을 찾아서』를 20세기 최고의 소설이라고 한다. 이 소설이 뛰어난 점은 인간의 의식이 어떻게 흐르며 생각이 어떤 방식으로 확장되고 축소되는

지를 현미경으로 들여다보듯 서술하였다는 점이다.

  인간은 시간 속에서 존재한다. 우리의 삶은 시간에 의해 생성되며, 축적되고, 파괴된다. 그러므로 잃어버린 시간을 찾는 행위는 단순히 존재했던 사실을 기억해내는 과정을 뛰어넘어, 세계와 내가 관계를 맺었던 의미를 찾는 과정이다. 다시 말하여 되찾은 시간은 시간을 되찾은 것이 아니라 존재를 되찾은 것이며, 그 되찾은 존재 속에서 실존이 증명되고 자아를 발견하게 된다.

  하지만 이 소설은 문장이 길고 난해하며, 온통 은유로 가득 차 있어 읽어 내기가 쉽지 않다. 분량도 단행본 열권 정도의 분량으로 아무리 책을 좋아하는 사람이라 해도 지레 질려버린다. 사람들이 작정하고 읽으려 하지만 처음부터 길을 찾지 못해 포기하는 경우가 많다. 그래서 도움이 될 수 있도록 개략적인 흐름을 짚어보겠다.

  이렇게 시작한 뒤 소설 도입부 줄거리를 쉽게 요약하면서 화자의 심리를 놓치지 않도록 써 내려갔다. 겨울바람이 첫 댓글을 달았다. 책을 읽고도 내용을 제대로 파악하지 못하여 답답했는데 쉽게 요약해주어 도움이 되었다고 썼다. 다섯 달 전에 가입한 회원인데 남자인지 여자인지 알지 못한다. 겨울바람이란 이름은 남자 여자 공통으로 쓸 수 있는 이름이었고, 사용하는 프로필 사진도 남자인지 여자인지 구분할 수 없는 '잭슨 폴록'의 그림이었다. 남은 단서는 문체인데 문체로는 남자로 보였지만, 내용을 들여다

보면 또 여자였다.

내가 그림자 이름으로 댓글을 달았다.『잃어버린 시간을 찾아서』는 우울과 죽음의 위협에서 태어난 소설입니다. 그가 겪은 우울은 글을 쓰지 못할 것이라는, 더 나가 글을 쓰지 못하고 죽을 것이라는 불안에서 시작된 것이죠. 하지만 그는 일찍 죽지 않았고 병약한 상태로 연명하였습니다. 그러다 보니 병약한 문장을 연명하듯 늘려나갔죠.

린다는 프랑스에서 설문 조사한 바에 의하면,『잃어버린 시간을 찾아서』1편을 구매한 반 정도가 2편을 구매하고 2편을 구매한 반 정도가 3편을 구매하고, 이 단계를 넘어서면 나머지를 모두 구매한다고 썼다. 그리고 책 속에 음악, 문학, 미술을 망라하여 100여 명의 실제 예술가와 그림 200여 점이 언급되어 있다고 하면서 보티첼리와 모네의 그림을 올렸다.

가시나무는『달과 6펜스』를 쓴 '윌리엄 서머싯 몸'은『잃어버린 시간을 찾아서』의 숭배자로 세 번을 읽었는데 종잡을 수 없이 길게 이어진 상념이 프루스트 시대에는 통했으나 앞으로는 흥미를 주지 못할 것이라고 말했는데, 전적으로 동의한다고 썼다.

새로 가입한 바나나가 영어로 읽었다고 말한 뒤, 버지니아 울프의『등대로』와『댈러웨이 부인』이 상념들로 가득 차 있어 읽기가 더 힘들다는 말로 시작하여 로베르트 무질의『특성 없는 남자』와 제임스 조이스의『율리시스』가『잃어버린 시간을 찾아서』와 어깨를 나란히 한다는 말을 했다. 최윤이 이 책에 나와 있는 수많은 문장과 사유는 우주가 아니면 담아낼 수 없을 정도로 넓고 깊고 장대하고 섬세하다. 그러므로 이 책은 인간의 정신이 소우주라는 것을 증명한 역사적 사건이기도 하다고 썼다. 그 뒤로 몇몇이 책을 읽어보고 싶다는 투의 의무적인 댓글과 좋아요. 최고예요. 표정을 눌렀다.

'안녕하세요?'

그림자 아이디로 스테판 아이디를 사용하는 지원에게 채팅 메시지를 보냈다. 그림자와 그녀는 채팅으로의 대화는 처음이지만 댓글로 많은 대화를 나눈 사이다. 댓글은 공개되는 글이라 내밀한 이야기는 못 하지만 자주 대화하다 보면 친한 친구의 느낌이 들게 마련이다.

'네. 그런데 무슨 일이신가요?'

'글에 대한 분석이 날카로우면서도 부드러워 즐겨 읽고 있습니다.'

'고맙네요.'

'질스마리아로 활동할 때부터 존경했습니다.'

그녀에게 오래된 친구라는 의식을 심어주기 위해 질스마리아를 언급했다.

'저를 아세요?'

'그럼요.'

'아무도 모를 거로 생각했는데요. 제가 질스마리아인 줄.'

'스테판으로 가입하자마자 글을 지우더군요. 그때 제가 발견하

여 알고 있었습니다.'

'그럴 수가 있군요. 그럭저럭 지내고 있습니다.'

'제가 스테판으로 부르기를 원하십니까? 질스마리아로 부르길 원하십니까?'

'그게 무슨 의미가 있겠어요. 마음대로 하세요.'

'그냥 스테판으로 하겠습니다. 새로운 이름이 새로운 마음을 갖게 하니까요. 아무튼, 무엇보다 스테판님의 글을 늘 그리워하고 있었던 터라 반갑습니다.'

'그때의 글을 기억하시나요?'

'그럼요. 낭중지추 같은 글이었는데 잊을 리가.'

'약간 의무적인 말투로 들리네요.'

'저는 느낀 그대로만 말합니다. 아, 여기 인간쓰레기들을 강제 탈퇴시킨 건 탁월한 선택이었습니다.'

'그렇게 생각하시는 분이 계실 줄은 몰랐네요.'

'제가 공동리더 할 때 하고 싶었거든요. 당시에는 리더가 우리에게는 강제 탈퇴시킬 수 있는 권한을 주지 않아서 할 수가 없었지만 말입니다.'

'리더가 혼자 좌지우지한 모양이군요.'

'그랬죠. 리더가 우유부단하고 관리를 잘못하면서도 권한은 자기만 가지고 있으려 했죠. 저는 마음에 들지 않습니다.'

나는 리더인 나를 슬쩍 비난했다.

'그런가요?'

그녀는 짧게 대답하고 더는 언급하지 않았다. 그 후로 그녀의 관심을 얻기 위해 그림자 이름으로 하루에 한 편의 글을 올렸고 그녀의 글에 충실한 댓글을 달았다.

여름이 환도에게 일대일 채팅으로 그림자를 비난하는 메시지를 보내왔다. 그녀는 유난히 그림자를 싫어했다. 갑자기 철학을 쉽게 이해할 수 있는 포스팅을 하고 있지만, 깊이가 없고 자기 과시욕이 강하다는 요지였다.

계단을 올라오는 발소리가 들렸다. 남자 뒤를 따라오는 손님을 보고 하마터면 '어, 웬일이세요?' 하고 인사를 할 뻔했다. 바로 커피숍 여사장이었다. 다행히 데스크 안에서는 밖을 훤히 내다볼 수 있지만, 밖에서는 자세히 볼 수 없고 특히 내가 몸을 살짝 틀고 있으면 여자가 나를 볼 수 없었다. 물론 그녀가 나를 알아보지 못할 수도 있으나 감추는 게 예의일 것 같았다.

"쉬었다 가실 거죠."

"네."

남자는 간단명료하게 대답하며 돈을 내밀었다. 말투라든가 눈빛이 모텔에 한두 번 다녀본 남자가 아니었다. 그사이 여자는 벽에 있는 커피메이커에서 커피 한 잔을 내리고 냉장고에서 물도 한 병 더 챙겼다. 그녀 또한 익숙하게 행동했다. 글만 쓰는 고지식한 여자로 봤는데 약간 배신감이 들었으나 한편으로 생각하면 탓할 일도 배신감을 느낄 일도 아니었다.

"이백칠 호. 쭉 가시면 있습니다."

남자는 내가 내민 목욕용품을 들고 덜렁덜렁 걸어갔고 여자는 한 손에는 커피를 한 손에는 물병을 들고 따라갔다. 커피숍 사장이 방으로 들어간 지 30분이 지났다. 복도로 나가 207호 앞에서 서성이며 귀를 기울였다. 소리가 들리지 않았다. 다시 데스크로 돌아와 5분 정도 서성이다 복도로 나가 걸었다. 희미한 신음이 들렸지만 207호인지 확신할 수가 없었다.

"여기서 뭐 하는데요?"

215호에서 나온 자오밍이 말했다.

"어, 복도에 먼지가 많은 것 같지 않아?"

"그래요? 어제 청소기 돌렸는데?"

"그렇구나."

데스크로 돌아온 나는 그림자 이름으로 스테판에게 대화를 시도했다. 둘은 문학이나 철학과 관련된 이야기를 하거나 연애와 같은 쓸데없는 이야기를 하다가 다시 문학이나 철학에 관한 이야기로 돌아가기를 반복했다. 막상 대화 내용을 되돌아보면 제자리에서 빙글빙글 도는 그런 대화였다.

'어떤 스타일의 여자를 좋아하세요?'

'스타일은 잘 모르겠는데 요즘 좋아하는 여자분은 있습니다.'

'그 행운아가 누구실까요?'

'당신, 그대입니다.'

'훅 치고 들어오니 정신이 없네요.'

'정신없을 때는 그냥 받아주면 됩니다. 무엇보다 당신 글을 좋

아합니다.'

'다 의미 없는 글입니다.'

'겸손까지 하시군요.'

'글은 위험한 것입니다.'

'스테판님의 글에서는 자유의 외침 이런 것이 보입니다. 제도 속에서 탈출하려는.'

'인간이 만든 제도와 관습은 모두 파괴해도 된다는 생각을 하고 있죠. 그건 무시하면 됩니다. 하지만 더 무서운 것은 자신을 스스로 억압하는 마음의 감옥이죠. 글은 우울을 부를 뿐입니다.'

'불안과 우울, 광기 같은 증상은 창작에 도움이 되니 피하지 마세요. 인류에 발자국을 남긴 천재들은 모두 불안과 우울을 동반한 광기에 시달렸습니다. 키르케고르는 작은 모기에서부터 그리스도 갱생의 신비까지 모든 존재가 나를 불안하게 한다고 호소했죠.'

'그런가요? 내가 징징거리는 스타일이 아닌데 글 이야기만 나오면 징징거리게 되네요.'

대화는 새벽까지 하다 중단했다. 나는 퇴근하자마자 그녀에게 보내는 편지를 썼다.

'스테판님, 그대와 대화를 마치면 저는 잠시 이 공간을 들여다봅니다. 그럴 때 향긋한 차를 마신 뒤에 느끼는 행복감과 함께 감정이 솟구쳐 아려옵니다. 이게 무슨 조화지, 왜 그럴까 생각해보았는데 그대와 대화를 하면 내 속에서 잠자고 있던 뭔가가 깨어

나는 듯합니다. 그리고 그대가 참 좋습니다. 그대가 좋은 여러 가지 이유가 있겠지만, 그중 하나가 이야기를 만들어내는 분이기 때문입니다.

우리 심연에 머무는 사람들 대부분은 이야기를 좋아하는 분들입니다. 지난번 여기 리더님이 공지에도 말했다시피 인간이 위대한 것은 이야기를 만들 수 있다는 것입니다. 이야기는 그 자체로 하나의 세계입니다.

하나만 예로 들어보겠습니다. 소크라테스와 돈키호테라는 사람이 있습니다. 아시다시피 이 중 한 사람은 실존했던 인물이고 한 사람은 허구 인물입니다. 그런데 지금 시점에서 생각해보면 실존했던 인물과 허구 인물의 차이가 별로 없습니다. 오히려 돈키호테가 실존했던 인물이고 소크라테스가 플라톤이 글을 쓰기 위해 만들어 낸 가상의 인물이라는 느낌이 들기도 합니다.

그리고 무엇보다도 현재 이들은 존재하지 않습니다. 남아 있는 것이라고는 이들의 이야기뿐입니다. 이처럼 시간이 지나면 모든 것은 사라지고 이야기만 남습니다. 이러한 이야기들은 하나의 독립된 세계가 됩니다.

물론 이내 연기처럼 사라지는 이야기도 있습니다. 소크라테스와 달리 그리스 시장에서 장사하다 세상을 떠나 잊힌 남자의 이야기, 돈키호테와 달리 무명 작품 속에 등장하여 잊힌 인물들의 이야기들 말입니다. 하지만 그 이야기도 하나의 이야기이며 독립된 세계로 존재합니다.

예술 작품도 마찬가지입니다. 지금까지 쓰인 모든 소설, 소포클레스, 단테, 세르반테스, 셰익스피어, 프루스트, 헤밍웨이와 같은 거장들이 만들어낸 작품 하나하나는 독립된 세계를 가집니다. 이들뿐이 아닙니다. 우리가 알지 못하고 사라진 사소한 작품들, 또 이들보다 더 좋은 작품을 썼지만, 운이 없어 사장된 작품들도 하나의 세계입니다. 그들의 세계가 어찌 소포클레스나 단테가 만들어 낸 세계보다 못하다고 하겠습니까. 이처럼 인류는 수많은 이야기가 만들어 낸 세계이며 이야기가 떠받치고 있는 세계입니다.

  마찬가지로 스테판님, 그대가 만들어가는 이야기도 하나의 소중한 세계이며 그 이야기 속의 인물들도 소중한 인물입니다. 그대가 만들어가는 인물과 이야기가 돈키호테가 되고 이름조차 남아 있지 않은 인물이 되는 것은 중요하지 않습니다.

  이처럼 소중한 이야기가 그대에게서 중단 없이 만들어지길 바라면서 동시에 그대와 내가 현실에서 독립된 또 다른 이야기를 만들어갔으면 하는 바람입니다.'

  그녀에게서 답장이 왔다.

  '그대라는 호칭이 나를 흥분하게 하면서도 두렵고 슬프게도 하네요. 온종일 이야기를 좋아하는 사람의 정신세계가 어떨까 하는 생각을 했어요. 그리고 우리 둘이 만들어가는 이야기가 어떤 이야기일까, 어떤 인연에서 시작된 이야기일까, 정말 이야기를 만들 수 있을까 하는 생각을 해보았네요. 아직 답을 얻을 수가 없어요.'

'천천히 답을 찾으셔도 됩니다. 저는 기다릴 수 있습니다.'

'우리가 어디에서 왔으며 어디로 가는지 안다면 이 또한 쉽게 답을 얻을 수 있을 텐데, 아쉽게도 저는 모르겠어요.'

'현재는 과거의 결과이며 미래의 원인입니다. 어디서 왔는지는 현재에 다다르기 위한 길이었을 뿐입니다. 미래도 마찬가지입니다. 지금 스테판님이 생각하는 것이 미래의 원인이 될 것입니다. 만약 우리의 소통이 이어진다면 다른 모든 세계를 초월한 독립된 세계 하나가 만들어지겠지만, 둘 중 한 사람이 이곳을 탈퇴하여 연락이 끊긴다면 우리의 이야기도 중단될 것입니다.'

'그렇게 되면 없는 거나 마찬가지가 되겠군요. 이 이야기들도 사라지고.'

'저는 우리가 별에서 왔다는 학설을 믿는 사람입니다. 별이 폭발하면서 생겨난 먼지와 원소들이 지구에 뿌려져 물과 결합하여 태어난 생명체의 후손들이 이렇게 인터넷으로 소통하고 있습니다. 얼마나 소중한 인연입니까? 만약 우리가 만나지 못하고 아쉽게 죽는다면 각자 땅에 뿌려질 것이고 수십억 년이 지나 지구가 폭발할 때 먼지가 되어 우주로 흩어질 것입니다. 어찌 알겠습니까? 끝없는 우주를 떠돌다 먼지끼리라도 부딪칠지. 그러나 저는 이러한 슬픈 만남은 원하지 않습니다.'

'단순하고 뻔한 이야기네요. 그걸로 저를 유혹할 수 있다고 생각하셨나요? 아무튼 먼지끼리 부딪치면 서로 알아보지 못하겠죠? 저도 그건 슬프네요.'

'슬프지 않기 위해 우리 만나야 합니다. 우리 둘이 마음먹기에 달려있습니다.'

한편 양아치는 '3040 즐거운 동행'에서 '김석호'라는 이름으로 활동 중이었다. 그곳은 다른 곳에서 퍼오는 좋은 글에서부터 웃긴 영상, 노출이 심한 사진, 음담패설 수준의 글들이 게시되었다.

그는 여자를 만나려고 노력하는데 한 번도 성공하지 못한 듯했다. 나는 그곳에 '이미경'이란 이름으로 가입했다. 본인 사진만 허용되므로 일본 야후 사이트에서 내려받은 일반인 여자의 사진을 사용했다. 들킬 염려는 거의 제로에 가까웠다. 이미경은 양아치 뒤를 따라다니며 댓글을 달고 표정을 눌렀다.

삼 일째 되는 날 양아치로부터 '예쁘시네요.'라는 메시지가 왔다. 이미경은 부끄럽다는 표정의 여자 이모티콘을 답장으로 보냈다. 양아치는 어디선가 퍼온 시 한 편을 복사해서 보냈다. 이미경은 다시 인사하는 여자 이모티콘을 보냈다.

출근 시간에 앞서 모텔 주차장으로 내려갔다. 선글라스 할머니가 기도하듯 양손을 잡은 채 기둥 뒤에 서 있었다. 목욕탕에서 할아버지가 나와 망설임 없이 기둥 쪽으로 갔다.

"왜 또 따라왔나?"

"따라오긴 뭘 따라와요. 지나가다 쉬는 중인데."

"가자."

할아버지는 앞서 걸었고 할머니는 그 뒤를 따랐다. 서너 걸음 걷다가 돌아선 할아버지가 할머니 손을 잡았다.

나의 표상(表象)이다.

"내가 불안해서 목욕을 못 하잖아. 배고프다. 국수 먹자."

할머니가 무슨 말인가 하더니 웃음소리가 들렸다. 퇴근 준비를 마친 양아치는 흥얼거리고 있었다. 주차장에서 일부러 접촉하여 누명을 씌운 손님에게 합의금으로 몇백만 원을 받아 챙긴 뒤로 기분이 좋아져 있었다. 더는 억울한 피해자를 만들어서는 안 된다는 생각이 들었지만 달리 방법이 없었고 귀찮았다.

"야. 이 사진 어떠냐?"

그는 나를 보자마자 휴대폰을 내밀었다. 바로 이미경이었다.

"예쁜데요. 누구예요?"

"낚싯밥 물었지."

양아치는 음흉한 미소를 지으며 퇴근했다. 파멸이 가까워지고 있다. 이 파멸이 우주를 돌리는 어떤 조화 같은 것에 의해 결정되었는지 아니면 순전히 내 의지로 일어나는지 나는 아직 알지 못한다. 나는 게임을 통해 시험할 것이다.

나는 김종수도, 환도도, 그림자도 아니라 그들을 시험하는 절대적인 존재이다. 그러므로 윤지원, 질스마리아, 스테판, 김종수, 환도, 그림자까지 시험 대상에 있을 뿐이다. 그들 중 누구를 동정하거나 편애하지 않는다.

'오늘도 수고했어요. 나는 퇴근길이랍니다.'

양아치한테서 이미경에게로 메시지가 왔다.

'약간 늦었네요.'

이미경이 대답했다.

'제시간에 퇴근하는 맛으로 공무원 하는데 일이 남아 있어 조금 늦었습니다.'

그는 현실에서도 종종 모텔 사장이라고 사기를 쳤다.

'그래도 공무원이 가장 부러운 시대죠.'

'미경님께 호기심이 가네요.'

손님이 많아지기 시작했다. 가을이 깊어지면서 손님이 들어오는 시간도 빨라졌다. 손님에게 방을 배정해주고 CCTV를 확인하고 복도에 돌아다니며 청소상태를 확인했다.

10시가 넘어 이미경이 양아치와 대화를 시작했다. 나는 이미경을 약간 도발적인 여자로 만들었다. 그림자와 지원의 대화도 끊어지지 않았다.

10

 그림자는 매일 자정과 새벽에 스테판에게 안부 메시지를 보냈다. 그녀는 마음의 문을 열듯하면서 머뭇거렸다. 환도 때 와는 조금 달랐다. 하지만 그림자와 스테판과 좀 더 친밀해졌고 환도와 스테판이 더 멀어진 것은 사실이었다.

 밤새 채팅을 하면 몸이 달아올랐다. 달아오른 것은 그녀와 밤새 채팅을 한 그림자가 아니라 아침을 맞이한 김종수였다. 그럴 때마다 선미를 찾았다.

 낮과 밤을 바꿔서 사는 것만큼 여러 사람으로 변신하여 살아가기도 쉽지 않았다. 나는 그림자가 스테판을 유혹하는 마음과 환도로 지원을 사랑하는 마음과 김종수로 지원을 증오하며 육체를 욕망하는 마음을 동시에 가지고 있었다. 지원도 밤이 깊어지면 잠을 이루지 못하고 감정적인 상태로 빠져드는 듯했다. 그림자는 그 타임을 포착했다.

 '그대를 향해 가는 내 마음을 멈출 수가 없습니다.'
 '저를 원하나요?'
 그녀가 물었다.

'원합니다.'

그림자가 말했다.

'어둠 탓일 겁니다. 어둠은 인간을 혼미하게 만들죠.'

'아닙니다. 요즘 제 마음이 늘 그렇습니다. 밤뿐 아니라 낮에도요.'

'저를 사랑한다는 말인가요?'

'저는 지금 그 말을 간절히 하고 싶습니다. 한 사람을 사랑하게 되면 그 사람한테 사랑한다는 말을 듣는 것보다 그 사람에게 사랑한다는 말을 할 때가 더 행복한 법이죠.'

'사랑한다는 말을 하려면 치명적인 결과를 예상하셔야 합니다. 제게 그건 너무 두려운 일입니다.'

밤새 그녀와 대화를 나누고 목욕탕이 쉬는 날도 아닌데 선미를 불러내 모텔로 가기 위해 차를 빼는데 그림자가 아닌 환도의 대화창에 지원의 메시지가 도착했다.

'잠깐 볼 수 있을까?'

'언제?'

'지금.'

그녀는 오피스텔로 오지 말고 대학주차장에서 만나자고 했다. 변한 것이 분명하다. 그녀도 그림자 탈을 쓴 김종수가 스테판으로 인하여 밤새 달아오른 몸을 식히기 위해 선미를 찾는 것과 똑같은 이유로 그림자로 인해 달아오른 몸을 식히기 위해 나를 찾는 것뿐이었다. 나는 선미에게 급한 일이 생겼다는 문자를 보내고 차를 돌렸다.

'인간이 우주의 일부'라고 주장하는 사람들이 있다. 그러니까 우주는 모든 것이 연결된 하나의 덩어리이고 인간은 그 몸에 달린 신체 일부와 같다는 것이다. 그렇다면 지원과 내가 섹스를 하는 행위는 지원과 나라는 개별자가 만나 쾌락을 얻기 위해 섹스를 하는 게 아니라, 우주가 쾌락을 얻기 위해 자위행위를 하는 것이다. 어쩌면 지원은 우주의 여성의 성기이고 나는 우주의 남성의 성기일지도, 아니면 둘 다 우주의 몸 어딘가에 나란히 솟아난 솜털일지도 모른다.

"왜 그래?"

"뭐가?"

"섹스 할 때 얘가 나를 죽이고 싶어 하는구나, 이런 생각이 들던데? 맞지? 사실이 그렇지? 문득문득 나를 죽이고 싶지? 그런데 어쩌지? 나는 그걸 즐기는데……. 애초부터 너는 내 광기를 빨아먹고 사는 괴물이었어."

"늘 잘못은 네가 하고 욕은 내가 먹는 기분인 거 알아?"

"김종수라는 인간을 다시는 만나지 않겠다고 다짐했었는데 또 불러낸 내가 한심스러워서 그래."

"후회하는구나?"

"요즘은 너를 만나고 들어가면 늘 후회스러워."

옷을 챙겨 입었다. 모텔을 나오자마자 우회전했다. 매번 좌회전했는데 왜 뜬금없이 우회전했는지 모르겠다. 그래도 별 차이가 없다는 생각으로 나 자신을 위로했다. 신호등마다 걸리고 나서야 우회전한 나를 질책했다. 학교 앞 사거리에서 다시 신호등에 걸렸다. 여학생 십여 명이 거품처럼 무리 지어 건널목을 건너갔다. 나도 모르게 가속페달을 밟아 돌진할지 모른다는 생각이 들어 기어를 P에 놓았다.

지원이 불안한 눈빛으로 내 쪽을 힐끔 바라보았다. 뒤쪽에서 경적이 울렸다. 이미 좌회전 신호등으로 바뀐 것을 보며 왜 저러지, 하는 생각을 하는 사이 그녀가 다시 나를 봤다. 그때야 신호등이 바뀌었구나, 하는 생각을 하면서도 출발을 하지 않고 있었다.

다시 한 번 경적이 울리고 신호등이 노란색으로 바뀌었다. 나는 기어를 드라이브로 놓고 가속페달을 힘껏 밟았다. 승용차는 거침없이 정문을 지나 언덕을 치고 올라갔다. 7분 거리인 주차장까지 13분이 걸렸다. 초과한 6분 때문에 내 삶이 파탄 날 것 같았다. 나는 귀가 간지러워 새끼손가락으로 귀를 후볐고 턱이 간지러워 턱을 한 번 긁었다.

"잘 지내."

그녀가 차에서 내리며 하는 말에 나는 대답하지 않았다. 눈가가 뜨거워졌다. 울어 본지가 언제인지 모르겠다. 기억이 나지 않는다. 키워준 외할머니가 돌아가셨을 때도 눈물이 나지 않았었다. 원 없이 한번 울고 싶었다. 저 바닥에서부터 치밀어 오르는 눈물을 쏟아내면 지원뿐 아니라 내 삶의 모든 문제가 희석될 것 같았다. 하지만 까슬까슬하게 솟아오르는 악의가 슬픔을 짓눌렀다.

그녀는 감정 관리를 잘못하는 터라 나보다 더 일렁이는 상태일 것이다. 틈을 주지 않고 그림자 이름으로 채팅 메시지를 보냈다.

'따지고 보면 남녀 관계가 가장 보수적이죠. 막상 행동하려고 하면 무의식 속에서 나를 조종하는 관습이 제어하거든요.'

'모든 것은 파괴할 수 있다고 말했을 텐데요.'

'그렇다면 자유롭게 말하겠습니다. 나는 그대를 원합니다. 그대도 나를 원한다고 말했고요.'

'우리 또한 통속적인 단계를 밟아야 하나요?'

'아뇨. 그동안 우리는 기존의 통상적인 남녀 관계에서 생기는 일, 관습, 제도, 상식 이런 모든 것을 비난해 왔어요.'

'그래서요?'

'내가 한 가지 제의할게요.'

'말해보세요.'

'받아들이시든 아니면 거절하시든 마음 가는 대로 하세요. 대신 지금 당장 결정하지 마세요. 이런 제의를 하는 저를 비난해서도 안 되고요.'

'나는 타인의 행동을 비난하지 않아요.'

'나는 당신과 사랑을 나누고 싶어요.'

'자고 싶은 거군요?'

'이제 그럴 때가 되었다고 생각해요. 그런데 통상적인 남녀들처럼 서로 밀고 당기고 이런 관계가 싫습니다.'

'계속하세요. ……'.

'시간과 장소를 정해줄 겁니다. 내가 약속시간 보다 먼저 도착하여 기다릴게요. 창문 커튼을 치고 불을 끄고.'

'약속장소가 모텔인가요?'

'네. 우린 서로 모습이나 이름을 확인하지 않고 사랑을 나눈 후 아무 말 없이 헤어져 다시 이곳에서 대화하는 겁니다.'

'파격적이고 신선한 제안인데 그게 가능하다고 생각하세요?'

'여기서 대답하지 마세요. 나는 기다릴 겁니다. 내키지 않으면 안 오시면 됩니다.'

'그럼 당신은요? 만약 내가 나가지 않으면 당신은?'

'점심 먹자고 약속했는데 바빠서 오지 못한 것과 다르지 않습니다.'

'그게······.'

'그대가 원하지 않으시면 오지 않으시면 됩니다. 그러니 걱정하지 마세요. 지금부터 만날 때까지 대화를 중단합니다. 장소와 시간만 알려줄게요. 약속을 지키든 지키지 않든 그 시간이 지나고 다시 대화를 재개합니다.'

나는 채팅을 중단했다. 그리고 이미경의 이름으로 양아치에게 채팅 메시지를 보냈다.

'멋진 낭군님. 나 갑자기 용기가 생겼어요.'

'잘했어. 그동안 거절하여 애간장이 새카맣게 탔어.'

'그런데 사실 나 겁나거든. 다른 사람 눈도 있고. 자기를 믿어야 할지도 모르겠고. 요즘 남자들이 여자를 유인해서 촬영도 하

고 그런다잖아.'

'미치겠네. 배를 갈라 보일 수도 없고.'

'그러면 이렇게 하면 어떨까? 내가 숙소를 지정해 줄게. 지금 문자로 보낼 게. 내가 사는 데서 그렇게 멀지 않은 곳인데 안전해. 자기가 그곳에 먼저 도착하여 방을 잡고 몇 호실인지 알려줘. 부끄러우니까 불을 끄고 기다리란 말이야. 물론 커튼도 치고. 우린 서로 모습이나 이름을 확인하지 않고 사랑을 나눈 후 아무 말 없이 헤어져 다시 이곳에서 대화하는 거야. 어때?'

'아주 좋은 방법이야. 그런데 어떻게 믿지? 나를 놀리려고 그런지도 모르잖아?'

'그런 의심을 가질 수도 있겠네. 하지만 내가 거짓말해서 이득되는 것이 뭘까?'

'그래도 워낙 이상한 인간들이 많다 보니.'

'그럼 이렇게 해. 내가 미리 방을 잡아 놓을게. 돈도 내고. 그리고 호수 알려 줄 테니 그냥 들어가서 기다려. 물론 불을 끄고 말을 해서는 안 돼. 그럼 믿을 수 있지? 내가 미쳤다고 돈까지 써가며 골탕을 먹이겠어? 원수진 사람도 아니고. 내가 바라는 것은 안전하게 즐기는 거야.'

나는 하루 전에 모텔을 잡아 놓고 호실을 양아치에게 먼저 알려주고 지원에게는 아침에 알려줄 계획이다. 모든 준비는 끝났다. 수면제 두 알을 먹고 동면하는 곰처럼 자고 일어났다. 닫히지 않은 커튼 틈으로 햇빛이 밀고 들어왔다. 잠에서 벗어나지 못한 상태에서 음악을 틀었다.

퇴근한 양아치의 승용차가 주차장을 나갔다. 나는 자오밍에게 데스크를 부탁하고 그들을 확인하기 위해 승용차를 운전해 약속 장소로 향했다. 냉정하게 지켜볼 줄 알았는데 두려움이 내 목을 눌렀다.

파멸의 시간이 턱밑에 있다. 나는 멈출 수 있는 열쇠를 지옥 불에 던져버렸다. 이 게임을 멈출 수 있는 사람은 지원뿐이다. 지원이 나타나지 않으면 아무 일도 일어나지 않을 것이다.

터널 입구가 보였다. 지원과 사이가 좋을 때 일주일에 서너 번씩은 통과하던 터널이었다. 터널 입구에 들어설 때마다 다 왔다는 생각과 함께 그녀를 만날 생각에 부풀어 올랐었다.

하루 만에 가는 길이었든 사흘 만에 가는 길이었든 그 마음의 차이는 없었다. 마음의 차이가 없었던 이유는 언제나 부풀어 오를 수 있는 끝까지 부풀어 올랐기 때문이다.

터널을 통과하니 목적지가 가까워지고 있다. 평소에는 밀리던 길이었는데 뻥 뚫려 있었다. 고속도로 요금소를 빠져나가자 모텔이 보였다. 속도를 높이며 창문을 내리자 바람이 나를 흔들며 기이하게 울었다.

봄날의 잔디처럼 까슬까슬 솟아오른 악의가 만개하는 이 기분을 어떻게 통제한단 말인가. 끝.

나의 표상(表象)이다.

작가의 말

신춘문예에 당선된 후에도 소설을 쓰는 것보다 철학을 탐구하는 것이 더 즐거웠다. 혼자 하는 철학의 이해에 한계를 느껴 여기저기를 찾아다니며 강의도 듣고 토론회도 참가했다. 그러다 보니 어느 사이엔가 새로운 생각의 구조가 만들어졌고, 생각의 구조가 바뀌니 글쓰기 충동도 새롭게 일었다.

오랜 시간이 걸리더라도 나만이 쓸 수 있는 글을 써보겠다는 생각을 했다. 하지만 생각과 달리 여전히 그렇고 그런 글들이 써지며 남는 것은 우울뿐이었다. 돌파구를 찾기 위해 인문학과 예술에 관련된 글로 소통할 수 있는 온라인 공간을 만들었다.

대략 20여 명 정도면 만족하겠다 싶었는데, 회원 수가 늘어 지난 5년간 수천 명이 다녀갔다. 그동안 3만여 건의 글이 올라왔고 나 역시 원고지 4천 매 정도의 글을 썼다. 더불어 그렇고 그랬던 소설에 관한 생각도 틀이 잡혀갔고, 다시 쓸 수 있다는 자신감이 생겼다.

10여 년 전 중앙일간지에서 주체한 1억 고료 장편소설 공모에서 최종심까지 올라갔던 작품을 뼈대로 해서 1년을 쓰고 5년을 고쳤다. 몇 번을 포기했다 다시 쓰기를 반복하면서, 내가 가장 많이 되뇌인 말은 '아직은 아니다.'였다.

그렇게 포기하려고 했던 원고를 책으로 나올 수 있도록 물꼬를 터 준 은허당님을 비롯하여 부실한 초고를 읽고 조언해준 강선생님, 박선생님, 보좌관님, 하기야 소피아님, 하얀 그림자님 그리고 그 세월을 묵묵히 지켜봐 준 가족들에게도 감사를 전하고 싶다.

가백현 장편소설

편안한 무감각

초판 1쇄 발행 2024년 2월 23일

지은이 가백현
펴낸이 전미숙
기획·편집 이은아
편집디자인 애드윈
그림 (표지) @sa_u_0521
　　　(내지) 김은수

펴낸곳 모종비
출판등록 제 385-2023-000061호
전화 070-8028-2936
주소 (경기사무소) 경기도 안양시 동안구 동안로 6 506-1204
　　　(서울사무소) 서울시 동작구 동작대로 11길 20, 1층
전자우편 mojongbi20@naver.com
인스타그램 https://www.instagram.com/mojongbi/

ⓒ 가백현, 2024

ISBN 979-11-986572-0-6 (03810)

* 이 책의 전부 또는 일부 내용을 재사용하려면
　사전에 저작권자와 도서출판 모종비의 동의를 받아야 합니다
* 잘못 만들어진 책은 구입하신 곳에서 바꾸어드립니다.